COLLECTION FOLIO

Rachid Boudjedra

Timimoun

Texte français de l'auteur

Denoël

Titre original :
TIMIMOUN

(Éditions El Ijtihad. Alger)

Rachid Boudjedra est né en 1941 à Aïn El-Beïda, en Algérie. Il a enseigné la philosophie jusqu'en 1972. Depuis, il se consacre à la littérature et au cinéma.

Romancier, il a publié notamment *La répudiation* (1969), *Topographie idéale pour une agression caractérisée* (1975), *L'escargot entêté* (1977), *Le désordre des choses* (1991), *FIS de la haine* (1992) et *Timimoun* (1994). Poète, il a publié *Pour ne plus rêver* (1965) et *Greffe* (1985).

Il est aussi le scénariste d'une dizaine de films dont *Chronique des années de braise*, qui a obtenu la Palme d'or au Festival de Cannes (1975).

L'œuvre de Rachid Boudjedra est traduite en une quinzaine de langues. Depuis 1982, il écrit principalement en arabe.

I

La nuit tombe dru. Elle s'infiltre sournoisement dans le car, comme ça, mine de rien. Il est à peine dix-huit heures. Tout est très noir maintenant. Une petite ampoule chétive d'une couleur à la fois verdâtre et bleuâtre éclaire vaguement l'avant du véhicule. Je m'évertue à conduire prudemment sur une piste cabossée, étroite, dure comme de la tôle ondulée. Les voyageurs se recroquevillent. Chacun à sa façon. Jamais la même position. Puisqu'il n'y a plus rien à voir, ils préfèrent dormir ou somnoler. Les phares blancs balisent l'espace dans lequel s'engouffre le vieux tacot. Vite happé. Vite restitué. Tel qu'en lui-même, avec ses rondeurs d'une autre époque et ses formes robustes, exagérées. Le moteur, par contre, émet un bruit furtif comme s'il était constitué d'éléments recouverts de velours ou de coton, plutôt. Parfois quelques crissements et quelques récriminations lorsque les pneus passent sur une grosse plaque de sable que le vent a déplacée.

L'un des passagers laisse échapper une quinte de toux. Il est aussitôt imité par la plupart des autres voyageurs libérés de tout ce silence pesant et de tout ce sable infiltré dans les vêtements, les narines, la gorge et la poitrine. Maintenant il n'y a plus de désert. Reste le froid et subsiste un climat délétère et inconsistant. Impossible à déceler clairement. Comme des traces à moitié raturées, à moitié oubliées de toutes les péripéties qui se sont déroulées tout au long de cette journée de voyage à travers le Sahara. Avec ses haltes, ses découvertes, ses bavardages, ses tensions, ses déceptions, ses fous rires, ses odeurs de victuailles et ses relents de dattes écrasées et d'épluchures d'orange ou de mandarine.

De temps à autre, au passage d'un autre véhicule, les vitres prennent un ton bleu foncé, presque noir, plutôt couleur aubergine, voire violet. Cela dure si peu. Comme un éblouissement, un flash aveuglants. Quelque chose de fugace et de phosphorescent. L'espace est pris d'assaut par des vents contraires. Tels des oiseaux voraces qui planent d'une façon acrobatique comme des funambules ou des somnambules fusant à travers les jardins sahariens imprégnés de l'odeur de fruits trop mûrs qui s'écrasent au bas des arbres. Des giclées granuleuses se collent sur les vitres du car. Elles se transforment très vite en traces grenues, sous forme de lamelles. On aurait dit des balafres sinueuses mais subtiles sur les vitres extérieures du véhicule acheté il y a quelques années à Genève, pour rien.

J'avais l'impression que le vendeur suisse me trouvait tellement pitoyable qu'il voulait me rembourser la somme dérisoire que je venais de lui verser. Il était pris de remords ; brusquement. Pour le rassurer je lui ai longuement expliqué que je me débrouillais très bien en mécanique et que j'allais rafistoler cet engin à la fois balourd, carré et arrondi datant de la fin des années quarante. L'autocar avait cette robustesse quasi militaire qu'on mettait, à cette époque, pour fabriquer de tels véhicules. Quelques heures plus tard, le vendeur vint me chercher dans un bar où je fêtais solitairement ma nouvelle acquisition. Il ne voulait plus me vendre ce tacot dont nous avions auparavant discuté le prix pendant un bon moment. Il prétexta l'état délabré de la carcasse et le mauvais état du moteur. Je refusai d'accéder à sa demande et lui offris un verre de vodka.

Nous nous sommes mis à boire pendant deux ou trois heures et il oublia pourquoi il était venu me relancer dans ce bar genevois. Nous étions soûls et prêts à nous embrasser et à nous congratuler lorsqu'il se rappela, à nouveau, qu'il ne voulait plus me vendre son car. Cette fois-ci il prétexta l'attachement qu'il avait pour le vieil engin, sa fidélité et sa nostalgie. Je ne peux pas, me dit-il, vingt-cinq ans de bons et loyaux services. Ce serait indécent de le revendre parce qu'il avait vieilli. Je lui offris cinq ou six vodkas à la suite. Il me serra alors la main. Marché conclu, dit-il, d'une façon trop solennelle. Il voulut m'offrir autant de vodkas, à son tour. J'acceptai. Pendant toute cette beuverie, je n'ai pas cessé de me surveiller dans les multiples glaces du bar. Je devais rester droit, digne et lucide. Je voulais bien boire mais pas passer pour un ivrogne. Au petit matin, l'homme me fit promettre de ne pas emmener le car dans mon pays. J'eus honte de lui mentir mais l'alcool ingurgité m'aida à promettre tout ce qu'il voulait. Je refusai quand même d'être remboursé du prix de la guimbarde qu'il voulait, dans cette aube blafarde et froide, m'offrir sans aucune contrepartie.

Très vite, je reviens à la route, à la conduite, à ces voyageurs que je trimbale d'un bout du Sahara à l'autre. Avec lesquels j'ai déjà passé plusieurs jours. Comme si je les connaissais tous. Un à un. Pas seulement. Leurs manies, leurs projets, leurs vies, aussi. Tout en vrac. Il fallait que je reste lucide au volant, de la même façon que dans ce bar où m'avait poursuivi l'ancien propriétaire du car. Le sable ne cesse pas de gicler contre les vitres et j'en ai plein la bouche et les narines.

Cette soûlerie dans le bar suisse et les péripéties rocambolesques de l'achat du vieux tacot m'avaient dissipé quelques minutes. Je m'étais oublié sur cette petite piste isolée en pleine nuit. Très vite, je reprends mes esprits. Mais la vieille peur qui m'habite constamment rend mes mains très moites malgré le froid saharien qui règne à l'intérieur. Je n'ai jamais voulu installer la climatisation. Cela fait artificiel. C'est pourquoi j'ai toujours une panoplie de burnous en poil de chameau et de klims en laine de brebis que je transporte dans les soutes de mon car baptisé Extravagance au cours d'une autre cuite dans un bar d'Alger, cette fois-ci. La peur est là. Elle est atroce. Elle m'a toujours habité. J'essaye de l'enrayer à coups de vodka et de randonnées dans le désert le plus grand et le plus désertique du monde. Toujours ce rythme anormal de mes pulsations. Depuis quand? Cela remonte à quand? À toujours. Aux premières corrections infligées par mon père, peut-être. Toujours, aussi, ce sentiment quand je roule sur le sable que je perds tous mes sens, toute la signification du monde, tous les contours de mon propre corps.

Parfois j'éprouve une jubilation extatique. Un affolement mystique. Fuite toujours dans quelque chose. L'alcool d'abord, déjà, à quinze ans et demi. Les vieilles guimbardes de l'aéro-club, déjà à seize ans. Les avions de chasse, déjà à vingt ans. Les vieux bus transsahariens, déjà, à trente ans. Maintenant j'ai quarante ans, je crois; l'âge de mon père quand il m'a conçu. Goût dans ma bouche du sable, du nonsens, d'une sorte de métaphysique larmoyante, du désastre. C'est à ce moment-là que je suis réellement subjugué par une extase presque transparente, glacée, polie à l'extrême. Des traces sablonneuses et quelque peu glauques s'étirent en ellipses de bas en haut. Elles strient la surface des carreaux sur lesquels se brouille le reflet des dunes de couleur safran qui surgissent de temps à autre du néant nocturne grâce aux phares blancs. Cela fait plusieurs jours que j'ai quitté Alger.

Quelque chose effrite mes artères. Dehors, à gauche, à droite et de face : le désert. Hiéroglyphes indescriptibles à l'intérieur d'un code fabuleux et poignant. Toujours ce désert qui se déroule. Même la nuit, il est le lieu central de l'angoisse, du désir et du vertige. Même la nuit, il y a un déploiement circulaire de l'horizon entre l'orangé et le jaune. Malgré la sécheresse de l'air comme sablé et crissant sous l'effet des grains de sable, j'ai l'impression que je transporte un fatras de destins émouvants, dans ce car. Avec sa carrosserie déglinguée et son moteur impeccable, il poursuit son mouvement d'une façon entêtée, compliquée et incompréhensible. Sous cette forme atroce, effroyable, perfide de l'apparente immobilité. Alors qu'il donne, en même temps, l'impression qu'il vole telle une machine souple dans sa foudroyante immobilité et sa foudroyante bestialité générique. À l'état brut. Le car avance toujours parmi l'inextricable enchevêtrement de ce désert entrevu quelques instants plus tôt, au coucher du soleil, composé d'amoncellements désordonnés, de dunes interminables, de montagnes schisteuses et d'éboulis en tout genre qui saturent l'espace, le bouleversent et le rendent essentiel et concret.

Le car, dans l'obscurité, donne, cependant, l'impression de filtrer à travers les phénomènes abstraits et les éléments minéraux qui portent la calcination du monde à la démesure, tandis que les touristes dorment. À quelques exceptions près, dont cette jeune fille assise juste derrière mon siège de conducteur. Elle est toujours là, avec ses yeux de faïence bleue, ses interminables cils recourbés, ses longs membres de garçon raté, son buste plat et ses cheveux coupés très court qui agrandissent miraculeusement ses yeux. Je n'ai pas pu encore soutenir son regard tellement acéré, brillant, lumineux. Alors que cela fait quelques jours que nous vivons un face-à-face muet, de ma part, et arrogant de la sienne, par l'intermédiaire du rétroviseur intérieur.

Le car malgré sa vieille carrosserie me donne l'impression qu'il se propulse à travers cette matière dure et aveugle qu'est la nuit. Avec ce moteur que j'avais refait pièce par pièce, le dopant quelque peu, le transformant en un monstre de rigueur et de rapidité. Cela lui donne cet état vieillot et neuf, à la fois, mais sournois parce que les autres conducteurs ne prêtent généralement pas attention à un tel engin antédiluvien jusqu'à ce qu'ils se rendent à l'évidence. Ils sont alors éblouis par cet état de perfection immobile. Ou plutôt, comme si Extravagance était atteinte d'une sorte d'immobilité donnant paradoxalement l'idée même de vitesse, de bestialité et de mort. Sorte de concept d'animalité en raccourci qui accélère et ralentit quand on veut. Parce que avec ses formes trapues et grossières, avec sa rapidité incroyable et inattendue, Extravagance donne l'impression d'une brutalité intolérable et sauvage. Somptueuse.

La vapeur d'eau s'insinue à même les vitres du car, comme concentrée et faisant corps avec les volutes de fumée agglomérées à l'intérieur. Quelques rares passagers fument silencieusement, comme aveuglément tant la lumière de l'ampoule est faible. Dehors le véhicule happe tout ce qu'il dépasse : caravanes de chameaux avançant au pas ; gros engins de forage revenant à leur base ; simples silhouettes gravissant les dunes pour couper à travers le désert et prendre des raccourcis ; palmiers gribouillés de reflets incessants, comme aimantés ; traces argileuses sur le bas-côté telles des empreintes digitales beiges et gigantesques, exagérément grossies par les faisceaux des phares blancs et halogènes. La nuit est froide. Elle s'installe carrément maintenant et finit par tout fausser.

Je sens les autres occupants du car quelque peu perdus, y compris ceux qui se sont engloutis dans un sommeil sans profondeur, très épuisant. Sarah, je ne suis pas encore sûr de son nom, est toujours là dans mon dos, éveillée, capable, presque, avec ses yeux de désagréger les deux faisceaux épais, comme métalliques et blanchis à la chaux, que les phares dessinent sur la piste tout étroite et toute droite. Je perds contenance chaque fois que je réalise qu'elle est là, dans mon dos, muette et indifférente. J'ai envie d'une vodka glacée. Mais je dois résister et ne pas céder. C'est-à-dire ne pas arrêter le véhicule. Ne pas descendre. Ne pas ouvrir la soute arrière qui ne contient qu'un réfrigérateur qui occupe toute la place et où les bouteilles de vodka refroidissent à une température idéale.

Comme si la jeune fille savait que j'avais envie de boire. Comme si elle se moquait de moi. Hier, au cours du dîner, je m'étais laissé aller à lui raconter, d'une traite, pourquoi j'étais devenu pilote de chasse et pourquoi j'avais été radié de l'armée et pourquoi j'étais devenu guide au Sahara et pourquoi je promenais une cinquantaine de personnes trois ou quatre fois par an pour leur faire visiter ce même Sahara qui me fait si peur et me donne tant de joie et d'euphorie en même temps. J'étais quelque peu fébrile. Elle avait fini par bâiller. Je compris que c'était sa façon d'être impertinente.

Ce grand corps souple. Cette peau mate. Ce buste plat. Ces manières de garçon. Ces yeux d'un bleu que le seul verre de vodka que je lui avais offert avait rendu plus violet. Ces cils qui ombragent le haut de ses pommettes. En fait elle n'écoute jamais personne. Elle regarde les gens s'agiter, parler, faire les clowns tristes ou gais, mais sans jamais prononcer un mot. Sinon les mots d'usage et de bienséance auxquels elle donnait une connotation de banalité si fastidieuse que personne n'osait poursuivre une conversation vite entamée, vite stoppée net. Pourtant ce n'était pas de la coquetterie. C'était pire. Quelque chose d'insaisissable. Un sentiment de peur et d'assurance à la fois. Une sorte de sérénité mais très fragile, déjà à vingt ans.

Je devins pilote pour embêter mon père qui voulait faire de moi un ingénieur agro-alimentaire parce qu'il me prédestinait à diriger une usine de concentré de tomate dont il venait de faire l'acquisition, le jour de mes dix-huit ans. Pour prendre aussi ma revanche sur les filles et les fils de colons que je regardais des heures durant, alors que j'étais adolescent, s'évertuer à faire partir de vilains petits avions sur la piste de l'aéro-club de Constantine, poussiéreux et ridiculement petit. Je n'avais pas fini mon histoire qu'elle se levait et quittait la table, avec nonchalance, en s'excusant exagérément. Ironiquement.

Sarah, c'est peut-être son nom, était donc peu diserte. Peu bavarde. Peu communicative. Comme absente. Passive. Impassible. Indolente. Comme si elle n'adhérait à rien. Même pas affectée. Plutôt perverse. Les gens, autour d'elle, nageaient dans le magma médiocre de leur désir consistant à ne rien rater de ce Sahara dont les mirages et les légendes les avaient comme dopés, drogués, rendus malades.

Elle, était vraiment dedans. De plain-pied. À chaque halte, à chaque visite, elle devenait plus transparente, magnétique, exorbitante. Ses yeux changeaient de couleur. D'un bleu à l'autre. Du plus délavé au plus noir. D'un violet à l'autre. Du plus clair au plus foncé. Elle attirait tout à elle : les gens, les ruines, les ksour, les casbahs, les oasis et même les chats qui se prélassaient dans les jardins des hôtels où nous passions, parfois, la nuit. Mais elle gardait ses distances. Ou plutôt, elle tenait à mettre de grandes distances entre elle et les autres. Elle n'était pas farouche mais comme effarouchée ; instinctivement. Comme si elle ne voulait pas, à son âge, se faire déjà piéger par la passion des êtres et des choses. Constamment sur le qui-vive, elle se recroquevillait dès qu'elle était installée dans le car, et tout mourait en elle, sauf ses yeux grands ouverts, braqués impitoyablement sur les autres, leurs palabres, leurs stratégies d'approche, leurs ruses et leurs manières, bonnes ou douteuses. Ce qui lui donnait, peut-être, cette incapacité à s'impatienter, se mettre en colère ou perdre contenance.

L'histoire de mon père qui voulait que je gère une usine de concentré de tomate n'eut aucun effet sur

Sarah. Je n'allai pas plus loin. Ne lui dis pas qu'il était très riche, grand voyageur et trop égoïste. Atteint de la maladie des nomades, il ne savait pas tenir en place. D'une affaire l'autre. D'un continent l'autre. D'une femme l'autre. Je devins pilote de chasse et asexué. Frigide. Je finis par me faire renvoyer de l'armée de l'air parce qu'un samedi soir je fauchai un Mig-21 et allai me soûler dans un bar à bières, à Bruxelles. Ce n'était pas la première fois ! Avant d'être arrêté par la police militaire belge, j'eus le temps d'étancher ma soif et d'envoyer une carte postale représentant le centre médiéval de Bruges à mon père. Lui, passait bien sa vie à nous inonder de cartes postales qui nous parvenaient de tous les coins du monde comme pour recouvrir son absence, m'obliger, à distance, à faire des études d'ingénieur agro-alimentaire et tenir ma mère à l'œil.

Ma mère, elle, était trop irréelle, trop savoureuse pour se rendre compte de cette stratégie des cartes postales. À sa façon, elle était, elle aussi, absente. Comme affligée définitivement par les manœuvres de son mari qu'elle ne connaissait, pour ainsi dire, pas. Elle était comme figée dans une perpétuelle attente. Elle s'attendait toujours à voir surgir d'un moment à l'autre son propre père. Il était mort de froid, enseveli sous une épaisse couche de neige, un jour que la locomotive qu'il conduisait dérailla en rase campagne, lors d'une des plus grandes tempêtes de neige que connut la région de Sétif. Toute sa vie ma mère a été chimérique, silencieuse et inaltérable. Elle était quelqu'un de très particulier. Il n'y avait rien dans son regard. Seulement, peut-être, cette entêtante, neutre et, sans doute, imaginaire sensation de moiteur, de virginité, de claustration et de temps immobilisé arbitrairement par son époux.

Ma mère avait une notion du temps très personnelle. Presque au-delà des limites du supportable et du décent. Un temps non pas lisse comme on pourrait s'y attendre mais hérissé, presque crépu. Un peu comme cette odeur de crêpe de Chine et d'huile à graisser ses nombreuses machines à coudre (Singer. Necchi. Borletti. RKA. Pfaff. Schneider. Etc.) qu'elle trimbalait partout avec elle. Comme si cette odeur ne l'imprégnait pas de l'extérieur mais qu'elle était sécrétée par sa propre peau, ses propres pores. Elle était donc toujours muette, hors de portée, comme recouverte d'une sorte de chagrin épais.

Je me souviens des étés de mon adolescence où la nuit tombe sur le plus beau mûrier du jardin familial d'une façon drue. Ses branches s'agitent et rampent dans un mouvement perpétuel et effrayant. Elles avancent vers les fenêtres fermées en une reptation très lente et faramineuse. Autour de moi l'univers s'affaisse, alors, dans un coma profond. Progressivement. Sans en avoir l'air !

Tout de suite les problèmes se sont imbriqués et

sont devenus tellement complexes et compliqués que je me sentis perdu dans cette famille et dans cette ville avec ses labyrinthes aperçus de la fenêtre de ma chambre, à cette époque où j'étais élève au lycée Duverrier à Constantine, à travers le mûrier vorace et fou. La ville dessine un volume énorme et boursouflé qui dégringole par paliers successifs et niveaux multiformes entre la casbah et le rocher sur lequel Constantine est construite. La casbah vieille et fragile, juste en face de la maison familiale, ne cesse de se dégrader et de s'effriter. Comme si elle se fanait chaque jour un peu plus. Elle se couvre de lézardes, de fissures et de trous. J'ouvre la radio de bord pour oublier mon envie de boire une vodka glacée et écouter les informations :

... LE PROFESSEUR BEN SAID A ÉTÉ SAUVAGEMENT ÉGORGÉ CE MATIN À HUIT HEURES TRENTE À SON DOMICILE SOUS LES YEUX DE SA FILLE ÂGÉE DE VINGT ANS PAR LES INTÉGRISTES ISLAMISTES.

... je coupai vite le son. J'eus envie d'une vodka très froide. Mes mains devinrent plus moites. Je sentis Sarah s'agiter sur son siège, dans mon dos. Elle avait très bien entendu l'information macabre qui venait d'être donnée par le poste. Encore un attentat barbare. Je la regardai dans le rétroviseur. Elle soutint mon regard. Je vis ses yeux remplis de larmes. Pour la première fois depuis quelques jours je l'ai vue subjuguée par sa propre humanité. À cause de ce visage si beau et si jeune inondé par les larmes, peut-être.

Les larmes coulaient, jaillissaient et affluaient de partout. Elles mouillaient son visage d'une façon pathétique. Elles rendaient ses yeux plus clairs, maintenant, qu'à leur habitude. Des larmes dues à cette réaction physiologique qui me semblait incompatible avec le caractère de Sarah. Était-ce vraiment son prénom ? Les larmes continuaient à ruisseler sur ses joues d'une façon qui me terrifiait.

Peut-être parce que c'est la première fois que je la vois dans cet état. Pour la première fois qu'elle est elle-même. Qu'elle laisse libre cours à toutes ces larmes abondantes, brûlantes et interminables. Elles s'incrustaient dans les pores de sa peau lisse, les commissures de sa bouche, les pommettes, les excroissances et les méplats de son visage. Des larmes qui se tenaient maintenant suspendues au niveau de cette partie centrale et équidistante de son menton grâce à cette propriété des liquides.

Comment appelle-t-on cela, déjà ?

II

C'était la première fois que j'étais profondément bouleversé par une femme. Jusque-là je les évitais. Jamais de tête-à-tête. Les avions, les copains et la vodka remplissaient ma vie. Un peu trop. J'aimais lire aussi. Une vraie boulimie qui faisait ricaner mes amis. Les femmes, j'en avais peur. Pas vraiment d'ailleurs. Je ressentais vis-à-vis d'elles un sentiment confus de crainte, d'inhibition, de remords et de culpabilité. Kamel Raïs qui les aimait trop à mon goût disait que j'étais trop compliqué.

Nous avions seize ans. Cela ne me choquait pas. Je me mettais à rire, chaque fois qu'il me sortait de telles balivernes. Je répondais toujours la même chose : je préfère être compliqué et frigide que toucher les gros melons flasques de Salima Malki que tu pelotes tous les samedis soir au cinéma Le Colisée. Tu ne regardes jamais les films. Tu es occupé à autre chose. Tu ne sais pas ce que tu rates en ne regardant pas les films. Toute cette barbaque gélatineuse… Tu en fais un foin ! C'est juste des glandes ce que tu appelles des nénés.

Un jour il finit par m'entraîner dans un bordel qu'il fréquentait assidûment. Il me présenta quelques filles plutôt jolies, plutôt jeunes. Je préférai commander une bière et écouter l'orchestre andalou composé de juifs, aveugles, pour la plupart. Kamel Raïs faillit devenir fou.

Je dis comme ça : prends une bière toi aussi... prends une 33 Lux... ça vaut toutes les femmes du monde... je n'ai jamais rien compris au sexe ni aux phantasmes lubriques et libidineux des hommes... mon propre sexe me dégoûte... c'est quelque chose de bizarre une excroissance mobile... immobile... c'est mou c'est dur ridicule bistré... avec un œil torve... franchement non alors un sexe de femme un vagin merci... garçon une bière 33 Lux pour mon ami Kamel Raïs ça lui évitera d'aller fourrer sa chose dans un machin... en plus il doit payer pour ça le con... une 33 Lux bien fraîche garçon... écoute Kamel Raïs c'est beau la musique andalouse surtout lorsqu'elle est jouée et chantée par les juifs de Constantine... pourquoi sont-ils souvent aveugles... est-ce la coutume dans les bordels ?...

Je dis encore : je n'ai jamais rien compris à cette affaire de sexe... celui de l'homme une chose bistrée qui me fait penser à un viscère marron desséché et froissé... ça me donne la nausée et puis ces couilles rosâtres, bistrées qui pendouillent tu trouves pas ça moche de montrer ça à une femme à ta place j'aurais honte pauvres femmes il faut dire qu'elles ne sont pas plus gâtées que nous…

À la sixième bière, je déraillais carrément. Kamel Raïs était monté avec une gamine de notre âge. Seize ans, à peine, très joli minois mais le reste… une chose femelle… J'eus un pincement du cœur. Jaloux ? Je ressassais les mêmes choses depuis plusieurs heures. Je me répétais. Je marmonnais tout seul : je n'ai jamais rien compris à un sexe de femme non plus… ça me renverse… chez l'homme c'est tragi-comique c'est burlesque… chez la femme c'est carrément tragique… tout ce magma de peaux rosâtres de grandes lèvres de petites lèvres de clitoris de plis et de replis de vulve de poils… comment peuvent-elles gérer toutes ces choses humides… toutes ces sécrétions… Kamel Raïs tu es un salaud de me laisser boire tout seul… tu peux dire que je suis anormal compliqué asexué frigide vas-y ! mais rien à faire c'est moche toute cette barbaque cette viande cette chair tuméfiée comme saccagée mutilée à coups de couteau… ça fait cafouillis… désordre…

LE PROFESSEUR BEN SAID A ÉTÉ SAUVAGEMENT ÉGORGÉ CE MATIN À HUIT HEURES TRENTE À SON DOMICILE SOUS LES YEUX DE SA FILLE…

… sorte de fouillis… de fourre-tout ou de blessure comme tu veux… de grosse noix que les femmes sont condamnées à porter entre leurs jambes comme une malédiction et tout ce tralala que tu fais autour depuis toujours… homme ou femme c'est là la vraie malédiction humaine… c'est ça la vraie plaie… pourquoi c'est comme ça un être humain…

Kamel Raïs revint. Il bombait le torse. Je dis : il n'y a pas de quoi pavoiser… on ferait mieux de retrouver les 27 façons de résoudre les équations du 3e degré à la manière d'Omar Khayyām au lieu de traîner ici… il y a Henri Cohen qui a chipé une bouteille de vodka à son père… il n'attend que nous pour la vider… on va dans ma chambre… maman n'en saura rien… avec ses migraines toute la journée la nuit elle dort profondément… il répondit en touchant sa braguette : « Ça te bouche un trou : anus sinus cosinus ! » Il était ivre, lui aussi. Plus ivre que moi parce qu'il ne résistait pas trop à l'alcool. Je dis : « Tu es vulgaire là… dommage ! toi un si beau gosse et un crac en math… qu'est-ce que tu en penses on passe la nuit avec Henri Cohen, sa bouteille de vodka et les 27 solutions de Khayyām ?… »

Ma mère, chaque fois qu'elle est confrontée à un problème qui la dépasse, l'émeut ou l'étonne, se réfugie dans ses migraines légendaires. Elle s'entourait alors la tête d'un magnifique fichu berbère, aux couleurs vives, rouge, jaune, carmin et violet. Il était ourlé de paillettes en or et en argent véritables, poinçonnés et garantis. Elle l'avait hérité de sa mère et l'entretenait délicatement afin qu'il dure et qu'il serve à l'une de ses filles qui en héritera un jour. Le fichu ne servait, en fait, qu'à lui serrer la tête en cas de migraine et elle lui octroyait, certainement, des qualités miraculeuses pour guérir ses maux de tête et calmer ses angoisses rentrées et ses frustrations de femme délaissée par son époux.

Kamel Raïs était très beau garçon. Superbe. Élégant. Racé ! Il donnait l'impression de voler au-dessus du monde et dès qu'une femme le voyait, elle tombait dans le piège. Elle ne pouvait plus échapper, alors, au roman-fleuve, ni à la nymphomanie. Mais lui c'était le plus grand bordel de Constantine qui l'intéressait. Je le soupçonnais de peloter les filles au cinéma Le Colisée pour ne pas leur faire de la peine et pour ne pas perdre la face parce qu'il se donnait des grands airs de mâle endurci et infatigable, devant elles. Sa réputation le dépassait. Elle l'encombrait même. Quand Jeanne Cohen, la sœur d'Henri Cohen, tomba amoureuse de lui, je lui interdis de l'amener au Colisée. Il obtempéra parce qu'il était un peu lâche, un peu trouillard et surtout parce qu'il savait que s'il touchait à la sœur d'Henri Cohen ce dernier nous priverait définitivement de vodka.

Quand de telles occasions de boire s'offraient à nous trois, Kamel Raïs pour épater Henri Cohen arborait une immense cravate rouge sang pour fêter l'événement. Il n'était pas très politisé mais il croyait dur comme fer que le rouge était la couleur préférée de la famille Cohen.

Mon père n'aimait pas beaucoup que je fréquente Henri Cohen parce qu'il était juif, pauvre et parce que son père qui travaillait comme gardien de l'aéro-club était communiste. Trois raisons essentielles aux yeux de mon père. Je le laissais dire. Comme il était lâche, il n'osait pas se déclarer carrément raciste. D'autant plus qu'il avait, parmi les juifs riches de la ville, de solides relations d'affaires.

Ma mère, comme pour mieux mépriser son époux introuvable, fréquentait assidûment ses voisines juives. Elle avait en plus un faible pour Henri Cohen qu'elle gavait de friandises et à qui elle donnait de petites sommes d'argent. Comme si elle voulait rééquilibrer les choses, puisqu'elle était elle-même issue d'une famille très pauvre.

Depuis aussi longtemps que je me souvienne j'ai toujours aimé la vodka, les copains et les aéro-clubs interdits aux Arabes mais que ce juif d'Albert Cohen nous ouvrait tout grand parce qu'il était le gardien et l'homme à tout faire de celui de Constantine.

En conduisant cette grosse machine d'Extravagance dont la carrosserie me faisait un peu honte et le moteur me donnait beaucoup de fierté, je revoyais toute cette adolescence défiler devant moi et toutes les palabres que nous avions eues au sujet des filles, Kamel Raïs, Henri Cohen et moi.

Moi qui avais si peur des femmes, voilà que la gamine de vingt ans, toujours affalée dans son fauteuil, enveloppée dans un grand burnous en poil de chameau que je lui avais passé, la tête enroulée, maintenant, d'un chèche couleur jaune safran, me troublait irrésistiblement. Je vis l'indication : EL-GOLÉA – TIMIMOUN passer comme un flash-back cinématographique. Dans le rétroviseur de la cabine, je coulai un œil sur Sarah. Elle ne pleurait plus. Elle avait retrouvé son calme et semblait assoupie.

J'avais pris l'habitude d'arriver à Timimoun au lever du soleil pour permettre à mes clients de découvrir ce ksar magnifiquement intact avec son oasis luxuriante où le système d'irrigation date de plus de trois mille ans et dont l'ingéniosité et la complexité m'avaient toujours fasciné. Pour cela je faisais le trajet EL-GOLÉA – TIMIMOUN, de nuit, à l'aller et, de jour, au retour. Quand j'avais expliqué mon itinéraire, la plupart des voyageurs avaient paru surpris. Sarah, je suis sûr maintenant que c'est son vrai nom, réagit différemment. Elle suggéra seulement que la halte pour dîner en plein désert fût la plus longue possible pour contempler le ciel, à son aise.

J'attendais dix heures du soir pour m'arrêter. C'est à cette heure-là que les constellations sont les plus belles et les plus pures. On a l'impression alors de porter les étoiles sur ses épaules. Pas sur sa tête. Sur ses épaules, vraiment.

Mes mains étaient de plus en plus moites. J'avais oublié mon envie de vodka parce que j'étais intrigué par la réaction de Sarah à l'annonce de l'assassinat de ce professeur de pédiatrie qui était une sommité très connue pour son dévouement et son intégrité. Égorgé devant sa fille. Mutilé certainement d'une façon rituelle et macabre par de jeunes fanatiques paumés et souvent drogués comme, il y a douze siècles, les adeptes de la secte des Hashashins ou Assassins. Les organes vitaux coupés un à un. Dépecé ! Une boucherie, certainement. Dans le style démentiel des intégristes. Sarah a-t-elle pleuré par compassion et colère ou bien a-t-elle craqué nerveusement ? Le connaît-elle ? Peut-être est-elle une de ses étudiantes ? Pour la première fois de ma vie, j'avais envie de consoler une femme, de la serrer contre moi, de la toucher. J'ai toujours trouvé ces histoires d'amour non pas ridicules mais grotesques, rocambolesques. Mais là je commençais à ressentir quelque chose de vague, d'imprécis mais qui bougeait en moi chaque jour un peu plus. Qui s'infiltrait pernicieusement dans ma peau, chaque nuit un peu plus.

Quand je me retrouve, le soir, une fois tous les voyageurs douchés, nourris et couchés, seul face à ma bouteille de vodka, c'est à Sarah que j'ai envie de parler. Kamel Raïs et Henri Cohen seraient morts de rire. Je les entends s'esclaffer d'ici. J'eus envie de les appeler par téléphone à Constantine qu'ils n'ont jamais quittée et où ils continuent à vivre. Mais c'était trop gros. Ils ne pourraient jamais me croire. Moi, amouraché à quarante ans d'une gamine de vingt ans. Grotesque. Sarah aussi se moquerait de moi. Ou plutôt, elle garderait définitivement le silence. Je me sentais obscène.

Je fais dix ans de plus que mon âge. Obsédé par la vodka, ivrogne invétéré, ex-pilote de chasse renvoyé de l'armée de l'air, ex-fils d'un magnat de la tomate en conserve, déshérité par mon féodal de père, ex-élève du lycée Duverrier de Constantine. Déjà, à seize ans, j'avais ce même visage, cette petite tête, ce grand corps démesuré, interminable et difficile à caser quelque part. Frileux. Moite. Poisseux. Maigre. Inénarrable. Foutu à quarante ans. Menacé, maintenant, par des tueurs à gages qui se font passer pour les gardiens de la morale religieuse. Quelque peu suicidaire. Toujours cinq capsules de cyanure à portée de la main. Prêt à m'en aller. Si je n'aimais pas tant la vodka, ce désert fabuleux et les 27 façons de résoudre une équation du 3e degré, selon Khayyām, qui ne cessent de m'intriguer, j'aurais peut-être essayé le suicide. Mais en réalité j'ai toujours été très lâche, à la manière de Kamel Raïs dont je me moquais pour détourner l'attention. Mes capsules de cyanure c'est un peu du théâtre, quelque part. Mais il ne faudrait quand même pas que Sarah pense que je fuis les terroristes d'Alger, que ma minable petite affaire de tourisme est une façon camouflée de me cacher, une sorte de fuite dans le désert. J'ai commencé à faire ce métier de guide, il y a trop longtemps. Bien avant que ne s'installe le désarroi, dans mon pays.

Le désert, la nuit, est une véritable imposture. On croit rêver. On perd le sens du réel. On y voit des chamelles beiges cicatrisées de rose en train de nomadiser. Des palmiers verts pousser sur les dunes safran. Mais tout cela est faux. Le Sahara est méchant. Il est dur. Il est insupportable. Seuls les touristes de passage le trouvent idyllique et envoûtant. C'est dans cette région que j'ai le plus souffert, que j'ai eu le plus froid dans toute mon imbécile de vie. C'est pour cela que j'y viens. Pour la souffrance. Seulement pour la souffrance. J'ai pourtant bourlingué, avec ou sans avion de chasse ; avec ou sans car ; mais sans ce sentiment amoureux qui rampe maintenant en moi insidieusement. Comme une sorte de grossesse ou de montée de lait. J'ai peur de passer à deux bouteilles de vodka par jour. Quelle malchance que ça m'arrive à quarante ans. Trop tard ou très tôt. Sarah a dû déjà comprendre ma situation. Pour elle je ne peux être qu'un vieux con d'alcoolique tombé en sénilité d'une façon brutale.

Je me dis qu'il faut que je résiste, que je m'y habitue et continue à conduire Extravagance sur ces pistes impraticables et interdites pour avoir tout l'espace à moi et à mes clients ; tout le désert dans son aridité et sa fécondité ; son âpreté et sa douceur. C'est un continent le Sahara ! Un continent froid où le soleil est chaud. C'est d'un quelconque colonisateur français cette phrase, mais elle est si vraie, si conforme. Je retournai ma violence contre moi-même. Un passager eut une quinte de toux nerveuse. C'est dur le désert dans un vieux tacot qui peut rouler à deux cents à l'heure, gravir les dunes les plus hautes et les dévaler d'une façon vertigineuse. J'avais passé un an à reconstituer le moteur. Quelques pièces neuves mais d'autres récupérées sur des carcasses d'avions de chasse. J'y ai même installé un accélérateur et des amortisseurs de Rolls Royce. C'est pour cela qu'Extravagance n'est pas un car comme les autres. De l'extérieur c'est un vieux tacot comique. De l'intérieur c'est un bolide surdoué et impressionnant.

La nuit est épaisse bien que le ciel grouille d'étoiles. Je regarde mon visage dans le rétroviseur, il me paraît vieilli, hagard, poussiéreux, cireux comme celui de mon frère aîné, le jour de son enterrement. Il avait été écrasé par un tramway. Dans son linceul jaune, il ne laissait apparaître que son visage gris, comme vitrifié ou ciré avec de la cire jaune.

J'avais préféré rester dans le jardin, le jour de son enterrement. On en profita pour me confier la garde de toute la marmaille mâle et femelle. Le soleil était mort. Fin d'automne. C'était comme un lambeau ovale. Sorte de jaune d'œuf inaccompli. Comme s'il avait raté sa propre circularité, comme mon frère avait raté la marche du tramway qu'il s'amusait à prendre en marche, en faisant des paris dangereux avec ses copains de quartier. Il s'engouffrait dedans au moment où il atteignait sa vitesse maximale. Un jour, il rata la marche. De peu. J'avais donc préféré rester dans le jardin pour éviter tout ce tintamarre et toute cette mise en scène funéraires que les familles apprécient tant. Le soleil ne faisait que se distendre, devenir froid et brouillé.

Plus tard, je vis arriver les oiseaux qui revenaient de leurs longues vadrouilles journalières. Je les voyais entrer dans les arbres du jardin avec leurs petits yeux qui se découpaient nettement sur leurs têtes. Leurs becs brillants étaient de couleur rose rayé d'un peu de jaune citron. Ils se mettaient à sortir progressivement de l'obscurité. Leurs corps donnaient l'impression de gonfler démesurément comme sous l'effet d'une sorte d'orgueil nocturne. Leurs plumes tout ébouriffées qu'ils se mettaient à lustrer nerveusement, d'une façon mécanique et répétitive, étaient humides à la fin de leur toilette. Avec leurs plumes de couleur grise qui se teintaient, se tachaient çà et là d'une sorte de reflet bleuâtre, ardoisé et même, parfois, carrément violet et plombé. Ce qui augmentait la lourdeur de leur démarche, exagérait les volumes de leur corps et dédoublait illusoirement leur nombre.

Ainsi, au lever du jour, ils étaient sur le point de s'élancer dans les airs, alors que les femelles continuaient, encore, à lisser leurs propres plumes et à s'occuper de peigner le duvet de leurs petits. Tandis que les mâles, eux, se mettaient à se dandiner, avec un orgueil incommensurable et assommant, sur le rebord du toit, toujours du côté est. Ils faisaient les coquets, les cent pas, les fous, dans une inévitable tentation de charme, de séduction, d'aimantation et d'hypnose. Comme s'ils voulaient attirer l'attention des femelles et l'accaparer maléfiquement et malicieusement, dans une interminable opération de charme, donc, de flagornerie, de coquetterie et de coquinerie. Ce qui faisait briller leurs yeux d'une façon plus intense, les rendant plus noircis, plus allumés et plus flamboyants, me rappelant alors un bijou incrusté de deux perles noires, qui ne quittait jamais le cou de ma mère.

Tous ces yeux d'oiseaux immobiles et effrayants restaient donc là à regarder fixement, droit devant eux, durant de longues et ennuyeuses minutes, avec ce vide qui les caractérise si bien, cette sorte d'atroce néant, d'indifférence, de mélancolie, de tristesse, de détresse et de tentation presque suicidaire. Comme s'ils portaient dans leurs prunelles toutes les larmes du monde et, surtout, celles de ma mère qui étaient restées, dans ses yeux, comme solidifiées depuis le jour où elle avait perdu son fils aîné.

Depuis, elle avait gardé ce même regard affligé et mouillé. Elle l'avait aussi le jour où elle m'avait giflé pour la première et dernière fois de sa vie. Elle m'avait frappé parce que je l'avais surprise en train d'étendre son linge intime sur la corde placée discrètement au fond du jardin, comme pour mieux camoufler ces choses de femmes qu'on entourait d'un mystère et d'un silence qui ne faisaient qu'en amplifier, pour moi, l'effet, l'incompréhension et l'atrocité terrifiante, floue, impalpable et, à la limite, mythologique !

Maman était en train d'étendre ses serviettes hygiéniques, donc, et en levant les bras, elle laissa apparaître ses aisselles d'une propreté implacable, avec cette chair lisse, glabre, glacée, comme ripolinée comme miroitante, sans aucune trace charbonneuse ou douteuse, sans même cette peau fripée et grenue que les femmes possèdent généralement à l'endroit des aisselles très fréquemment épilées. Elle faillit mourir de remords parce qu'elle m'avait donné une claque, injustement. Son regard devint plus affligé, plus brouillé, encore.

Le jour même, le maître de Coran m'avait infligé

une terrible correction : dix coups de bâton sur la plante des pieds ; parce que j'avais refusé d'écrire sur la planche coranique : … *Et ils t'interrogent sur les menstrues ; dis c'est une malédiction*… Je ne l'ai jamais avouée à ma mère, cette terrible correction !

L'autocar Extravagance au moteur sophistiqué bondissait à travers le désert, à cent cinquante kilomètres à l'heure. Sarah dormait maintenant très profondément. Il était 21 h 52. Dans quelques minutes, la halte de nuit. Le couscous à préparer, le thé à bien doser. J'aimais bien faire ces choses généralement dévolues aux femmes. C'était la seule chose que je leur enviais.

Mon père avait dit au sujet de la mort de mon frère : il n'a pas eu de chance, il a raté sa vie d'une marche. Rien de plus. Le ton était ironique. Le lendemain, il prit l'avion pour Barcelone. À mon retour de l'aéroport où je l'avais accompagné, je bus ma première vodka en compagnie de Kamel Raïs et d'Henri Cohen qui avait volé la bouteille à son père.

[illegible]

III

Je n'ai jamais oublié le jour de l'enterrement de ce frère qui a raté sa vie en ratant une marche de tramway. Bien que je n'aie rien vu, j'en ai gardé un mélange d'impressions musicales et une cacophonie de bruits divers. Je me souviens d'une sorte de mélange auditif fait de lamentations, de psalmodies et de grincements émis par le vieux portail rouillé. Il n'avait pas arrêté de grincer toute la journée sur ses deux gonds qui n'avaient plus été graissés depuis bien avant ma naissance, à cause du vent chaud qui n'avait pas cessé de souffler depuis quelques jours ; un sirocco tardif d'automne. Je garde encore dans mon souvenir les traces de cette confusion vocale faite de hurlements, de geignements, de mélopées et de multiples échos emmagasinés au cours d'une semaine de deuil. Le portail était resté grand ouvert pour l'accueil des visiteurs parmi lesquels on recensait un certain nombre de voyous et de dandys invétérés, tous amis de mon frère, qui avaient déréglé quelque peu les funérailles.

Je n'ai gardé de ces jours vagues qu'une mémoire olfactive et sonore ; mélancolique. Comme j'avais refusé d'assister à la cérémonie funéraire, nous tous avions été, adolescents et petits, relégués au fond du jardin, dans cette partie broussailleuse et quelque peu à l'abandon. Mehdi, mon cadet, est monté au sommet du mûrier pour essayer de surprendre ce qui se passe à l'intérieur de la maison, mais il ne parvient pas à voir quoi que ce soit. Saïda, la plus jeune des filles, dit à Mehdi : « Descends, descends… Ils vont te voir et tu vas recevoir une tannée… » Mehdi finit par descendre et, en sautant sur le sol, il se fait mal au genou droit. Il se met à pleurer. Saïda plaque sa main sur sa bouche pour empêcher qu'on ne l'entende. Mehdi mord la main de Saïda. Elle le lâche. Il se tait sur-le-champ.

Je ne dis rien. Je regarde la blessure qui saigne sur le genou de Mehdi. Il s'assoit sur l'herbe fraîche. Il ramène son genou à sa bouche et suce le sang qui coule de la plaie. Saïda se moque de lui. Elle me regarde comme pour me provoquer. Elle veut que je rie avec elle. Mais je ne réagis pas à son regard. Je l'ignore complètement. J'ai à peine seize ans et je ne sais, vraiment pas encore, ce que la mort signifie. Mais j'ai l'intuition d'avoir perdu définitivement mon frère aîné à cause d'une marche de tramway.

Je me réveille tous les matins avec dans la bouche l'amertume du dernier verre de vodka avant que j'aie fini de me débarrasser de cette gueule de bois qui m'alourdit les paupières, laissant des traces coloriées comme des mosaïques transparentes. Je ne sais jamais quand je quitte réellement le sommeil, ni à quel moment je fais irruption dans la réalité des choses, alors que le feu du bivouac n'est pas encore éteint ou que les fenêtres sont encore fermées dans la chambre d'hôtel qui baigne dans une obscurité épaisse. Aussitôt j'essaie de mettre de l'ordre dans mes rêves et de les calibrer.

J'allume ma première cigarette de la journée dont la fumée enveloppe aussitôt l'espace par strates solidifiées. Premiers soupirs et premiers nœuds qui s'agglomèrent dans l'estomac. Je laisse donc de côté les cauchemars dont aucun détail ne m'échappe pour éviter de percuter le réel de plein fouet ; pour lui donner le temps de se déposer et me fournir l'occasion de m'y habituer. Puis commence le bourdonnement des mouches en été et le sifflement des vents de sable en hiver, jusqu'à ce que se dilue toute l'ambiguïté du monde et que se réalisent toutes les possibilités des éléments quotidiens.

Depuis des années, le premier nom qui me vient à l'esprit, à chaque réveil, c'est celui de mon frère aîné, décédé bêtement à l'âge de vingt ans ; avec l'image de son corps chétif, sa tête clownesque, sa petite taille et ses yeux d'adolescent qui a, déjà, assisté à la naissance du monde et à sa fin. Mais depuis quelques jours, c'est le visage de Sarah qui me hante, que je sois endormi ou éveillé. Sarah dont le regard me rend très vulnérable, comme tétanisé, presque malade. J'ai honte de ce sentiment qui s'installe en moi. Je veux m'en débarrasser. Mais dès que je prends la décision de le faire, je me sens malheureux et indécis.

Pourquoi elle et pourquoi maintenant ? Pourquoi c'est à quarante ans que cette drôle de maladie qu'est l'amour me tombe dessus ? Au moment où je ne m'y attendais pas. J'avais l'impression d'avoir terminé ma vie, le jour où j'ai acheté ce vieux car à Genève. J'avais en fait décidé de m'enterrer dans le Sahara. Tant qu'à faire ! Il valait mieux mourir dans ce désert qui m'a toujours fasciné parce que méchant, dur et invivable plutôt que dans une de ces villes atrophiées, surpeuplées et agressives.

Le désert était mon mode de suicide.

Dans le désert, l'espace n'est plus qu'un conglomérat de vibrations bourrées de couleurs, de formes et de sens zigzaguant à travers ses méandres et ses tournants. Comme échappées du réseau compact et serré des lignes entrecroisées et enchevêtrées des peignes d'irrigation et des trames discontinues de la végétation dans les oasis. Comme si, plus qu'ailleurs, l'espace saharien avait une autonomie totale et une spécificité intrinsèque, bien que dans son ensemble il forme plusieurs sous-espaces ramassés ici, redondants là, mais qui organisent ce qu'on appelle communément un désert dont la configuration me saute au visage, me gerce les lèvres, y creuse des petites cicatrices qui brûlent cruellement ma peau, mes paupières et mes poumons chiffonnés et grêlés, à la fois, par la sécheresse incroyable de l'air.

Dans mes longues soirées sahariennes seul à seul avec ma bouteille de vodka, je suis pris de fébrilité à l'idée que Sarah dort dans une des chambres de l'hôtel ou dans son sac de couchage, dans le bivouac ; tout à côté de moi. Une fois ivre, je me laissais souvent rattraper par le souvenir récurrent de tante Fatma, une servante de l'époque de mon enfance, dont la laideur m'avait toujours intrigué, comme m'avait intrigué la peur que cette pauvre femme éprouvait à l'égard de la vieille tortue familiale. Je me rappelais d'une façon obsessive son horrible chicot tartré au vert-de-gris, remuant dans sa bouche édentée et qu'elle faisait passer par-dessus sa lèvre inférieure dans les moments de colère. Ce qui empêchait nos cœurs d'enfant de battre dans nos poitrines, liquéfiait nos artères et congelait nos os, chaque fois que nous salissions la maison ou contrevenions aux bonnes manières.

Il lui arrivait souvent de nous pourchasser, de nous menacer et de se moquer de nous, sans raison ni cause apparentes : « Vous voulez vous transformer en raisins secs, avant même d'être des raisins verts !… Espèces de petits enculés… » Elle perdait la raison, nous pinçait au sang. À l'occasion, elle nous jetait à la tête des obscénités incroyables dans la bouche d'une vieille femme dévote et maniaque. Mais elle ne comprenait rien à toutes ces grossièretés, utilisant, peut-être, à tort et à travers des termes dont elle ignorait la signification. Elle passait son temps à courir dès le lever du soleil et à gratter continuellement le sol avec une brosse en fer. Elle n'avait peur que de Dieu, de la tortue, sacrée à ses yeux, et de mon père.

Nous passions, souvent, de longs moments à la provoquer, à proximité du mûrier le plus gigantesque que nous escaladions à la moindre alerte, nous mettant à l'abri de ses griffes et de sa voix d'outre-tombe pour la narguer et l'insulter. Elle ne se laissait pas abattre pour autant et nous guettait des minutes durant, en bas de l'arbre, nous insultant à son tour : « Petits enculés, vous vous prenez pour des raisins secs, alors que vous n'êtes que des raisins verts, verts ! » Nous restions cachés dans le mûrier. J'en profitais pour cueillir quelques feuilles que j'essayais de donner à manger à mes vers à soie, toujours malades, qui les refusaient obstinément.

Ce qui n'était pas le cas de la sale tortue qui raffolait de feuilles de laitue qu'elle brodait en dentelles incisives et dentelées. Les autres garçons, eux, cueillaient les feuilles du mûrier pour les donner à leurs superbes vers à soie, toujours en bonne santé, qu'ils élevaient en toute quiétude dans des boîtes à qui il manquait, cependant, la patine du temps qui teintait celles que j'avais héritées du frère décédé, avec des cahiers remplis de mots gribouillés à l'encre rouge, dont je ne comprenais rien, au début, et qui s'étaient mis à se remplir de sens au fur et à mesure que je grandissais.

Mais la mort de mon frère aîné ne pouvait être ramenée à un simple fait divers ou à une mauvaise plaisanterie de cancre chahuteur. Trop facile de dire qu'il est mort en ratant une marche de tramway qu'il voulait prendre pour faire des paris avec ses amis et narguer la mort. Mon père avait arrangé la vérité sous la pression des autorités religieuses qui ne voulaient pas entendre parler de suicide. Le reste de la famille eut peur des ragots et des médisances. Ma mère se serra la tête dans son foulard berbère pendant un an. Sa migraine dura tout ce temps-là !

Le jour des funérailles est presque banal. On sonne à la porte du jardin, bien qu'elle soit largement ouverte. Mehdi lape les gouttelettes de sang au fur et à mesure qu'elles apparaissent à la surface de la peau écorchée. Il s'arrête de temps à autre pour laisser le sang affleurer. Saïda rit toujours. Je regarde la maison à travers les arbres. Toutes les fenêtres sont closes. J'entends les lamentations et les psalmodies. Des bruits de vaisselle qu'on lave nous parviennent de la cuisine. De temps à autre, la voix d'une des bonnes se répercute jusqu'à nous. Des effluves d'encens âcre, de levure fétide et d'eau de rose fade se mêlent à d'autres odeurs plus écœurantes comme celles du camphre, du formol et de l'éther.

Mehdi affirme qu'on est en train de laver le mort. Je ne veux pas comprendre ce qu'il dit. Pourquoi laverait-on les morts ? Drôle d'idée ! quand on sait à quelle vitesse un corps pourrit, se désagrège... Je n'ai senti toutes ces odeurs qu'une fois habitué à la rumeur sourde qui parvient de la maison. J'ai parfois l'impression qu'elle est toute proche et qu'elle naît du sommet du mûrier. La rumeur est un mélange de pleurs, de plaintes, de hurlements, de gémissements, de bruits d'assiettes entrechoquées, de complaintes coraniques répétées et ressassées sur le même ton.

L'écho de la sonnerie retentit sans cesse. C'est à ce moment-là que je sens les premières odeurs. Les vibrations de l'air chaud nous blessent les yeux. Le tremblement des feuilles du mûrier sous l'effet du sirocco automnal et tardif cette année-là nous donne des éblouissements. Je reste immobile et figé, à ma place initiale. Mehdi s'étend sur l'herbe, abondante tout autour de l'arbre. Saïda peine pour monter jusqu'au sommet. J'aperçois ses jambes, ensuite ses cuisses. Puis elle disparaît entre les branches. Je ne la vois plus.

Une sorte de démangeaison me dévore les paupières. Je reste aveugle quelques secondes. L'espace étalé devant moi se tire-bouchonne au moment où la chaleur redouble. Il se durcit et s'effrite en lamelles aiguisées. Je regarde dans la direction de mon frère mais je ne le vois pas. J'entends seulement sa langue qui continue à laper bruyamment le sang qui suinte de sa blessure au genou.

Pendant quelques années, j'ai sillonné le désert, tout seul, à bord de mon car Extravagance, y dormant, y mangeant et m'y soûlant. Jusqu'au jour où l'armée de l'air me coupa la petite pension que j'avais obtenue lors de ma radiation du corps des pilotes de chasse. C'est à ce moment-là que je suis devenu guide touristique. Au début, j'étais très réticent et très jaloux de livrer le Sahara à des touristes autochtones ou étrangers qui y viennent pour être heureux.

Je pense tout à fait le contraire. Je crois que c'est un lieu pour souffrir. Je ne voulais pas vendre cette chose qui m'était si précieuse et si désagréable, à la fois, comme un dépaysement garanti à des groupes de gens souvent pressés, souvent béats.

Personne ne connaît la souffrance s'il n'a pas regardé du haut de l'Assekrem ce chamboulement cosmique qu'est le Hoggar. Cette désintégration lunaire où la rocaille, le sable, les dunes, les crevasses et les pics majestueux donnent envie de mourir tout de suite. Le Sahara c'est ce grabuge intolérable du monde, ce bouleversement incroyable de la géographie et de la géologie.

Je n'ai jamais parlé de la mort, de la tentation de la folie et du suicide, dans le désert, à mes clients.

Pas même à Sarah.

Elle ne comprendrait pas. Elle est trop jeune pour toute cette souffrance et toute cette démesure.

Je n'ai jamais, vraiment, parlé du Tassili, à mes clients. Ils sont souvent trop pressés d'aller vers les gravures rupestres dont il ne subsiste que très peu. Pillées pour la plupart par les rapaces d'ethnologues, les militaires conquérants et les préfets coloniaux.

Pas même à Sarah.

Elle ne comprendrait pas. Elle est trop jeune pour toute cette démence et tout ce désordre.

Le jour des funérailles de mon frère aîné est presque un jour comme les autres. Saïda, ma sœur cadette, halète sous l'effet de l'effort. Je devine qu'elle essaie d'arriver au sommet du mûrier, grâce aux branches supérieures qu'elle secoue avec une certaine violence. Je vois nettement Mehdi étendu et le tronc noueux de l'arbre.

J'ai envie d'être aveugle et n'y parviens pas. La voix de Saïda nous arrive du haut du mûrier, comme ramollie, humidifiée et élastique. Elle crie : « Je vois ce qui se passe dans la maison ! Je vois ce qui s'y passe ! » Mehdi se moque d'elle. Je ne dis rien. Je sais qu'elle ment et que toutes les persiennes sont rabattues et tous les rideaux tirés. Elle ne peut pas voir ce qui se déroule à l'intérieur de la maison.

Mehdi se met sur son séant et continue à sucer son genou et à cracher, alternativement. Saïda se tait après avoir voulu nous tromper. Le silence tombe sur nous. Le bruissement des feuilles amplifie cette impression. La rumeur continue à nous parvenir de la maison. Mehdi rit soudain, sans raison précise. Saïda l'interpelle du sommet de l'arbre : « Pourquoi ris-tu ? » Il ne répond pas. Saïda a l'air agacée. Elle m'appelle : « Viens vite ! Ils sortent… Vite ! » Je ne la crois pas. Mehdi la rembarre sarcastiquement. Il lance un crachat en l'air qui dessine un arc de cercle et retombe sur le tronc de l'arbre. Il s'étend à nouveau sur le sol et se roule sur l'herbe. Soudain il s'arrête et reste à plat ventre. Je pense que le sang a cessé de couler.

Mehdi se relève et s'assoit, les jambes en tailleur. Il a oublié sa blessure. J'ai l'impression que son pantalon s'est enflé au niveau de la braguette. Il se touche. Crache une nouvelle fois. Mes mains sont moites. J'ai la nausée. L'air ondule devant mes yeux. Saïda soupire. Mehdi ouvre sa braguette. Je le fixe pendant une seconde. Il baisse les yeux. Il joue avec son sexe qui grossit et rougit progressivement. J'ai envie de vomir. J'ai très mal au cœur. Je ne supporte plus de le regarder. Il soupire longuement. Je devine qu'il remet son sexe à sa place et ferme son pantalon. Le temps n'a pas bougé. Mes mains dégoulinent de sueur.

Mon frère aîné n'avait rien d'héroïque. Il avait trop peur de vivre. À vingt ans, incapable de faire quoi que ce soit, incapable de se suicider, il passait son temps à chercher la mort, à la provoquer et à parier n'importe quoi pour la défier, la flairer de près, comme il avait l'habitude de dire.

À seize ans, avec la complicité d'Henri Cohen et de Kamel Raïs, je contrevins à la tradition religieuse en buvant mon premier verre de vodka ; le lendemain des funérailles.

Je me suis mis à l'eau, depuis quelques jours, parce que Sarah dit un soir, sans avoir l'air de s'adresser à quelqu'un en particulier : « Vous buvez trop ! » Je voulus lui plaire. Je restai plusieurs jours sans toucher un verre de vodka. Cela me fit du bien. Je n'avais plus le matin, au réveil, ce goût de la mort dans ma bouche, comme une capsule de médicament au goût terreux et ferreux, à la fois. Mes mains étaient plus moites. J'étais carrément amoureux de Sarah. Elle était d'une élégance étonnante. Pourtant elle ne portait que des jeans, des pulls, des tennis et des turbans sahariens toujours de couleur violente.

À quarante ans j'avais l'impression d'être passé à

côté de l'essentiel. L'essentiel c'était Sarah, maintenant. Je faisais tout pour lui plaire. Parfois je négligeais mes clients. Je les abandonnais à eux-mêmes pour visiter avec elle, en tête à tête, tel marché aux dromadaires à Macine. Tel village à demi ensablé à Fatis où j'ai toujours acheté mes verres à vodka, superbes cristaux à thé de fabrication locale et artisanale, joliment coloriés. Tel vieil ami qui nous offrait à déjeuner dans l'oasis d'Ighzer à la manière ancienne : pain pétri devant les yeux ébahis de Sarah et cuit dans le sable ; viande grillée dans des feuilles de palmier et saupoudrée d'abricots séchés et pilés avec de l'ail. Je passais aussi mon temps à la photographier, Sarah, et à boire de l'eau minérale d'une façon ostensible mais sans résultat probant.

Je trouvais que le Sahara allait bien à Sarah.

Elle ne réagissait pas. Me laissait faire et m'empêtrer dans ce sentiment amoureux qui m'était si étranger. J'avais l'impression que je me noyais dans toute cette eau que je buvais et dans tout ce fatras de rapports gluants et ambigus qui m'échappaient complètement et sur lesquels je n'avais aucune prise. Je délaissais Extravagance dont le moteur habituellement bien graissé, toujours impeccable et rutilant commençait à souffrir des vents de sable et des pluies torrentielles qu'il nous était arrivé de rencontrer pendant deux ou trois jours au grand désespoir des touristes mais à la grande joie de Sarah. Mon corps souffrait du manque d'alcool et le moteur du vieux car acheté en Suisse pour mille francs, du manque d'huile et de graisse. J'avais l'impression que nous étions, maintenant, tous les deux mal entretenus, délabrés. Et Sarah qui se pavanait maintenant dans mes phantasmes tout nouveaux, surgis brusquement et violemment. J'en étais malade.

Je préférais quand même l'alcoolisme à cette soudaine irruption d'amour. Une bouteille de vodka ça s'essore. Ça se laisse faire. Ça donne l'oubli et le sommeil.

Je n'oubliais quand même pas mon rôle de guide qui essaie de résumer le Sahara si grand, si complexe et si variable en une ou deux semaines. Je voulais surtout casser les idées toutes faites de mes clients. Les idées cartes postales ou guides bleus avec lesquelles ils arrivaient quelque peu naïvement, quelque peu mécaniquement. J'évitais les grands axes et préférais les pistes parfois dangereuses parce que le tracé peut se déplacer d'une minute à l'autre. Les dunes disparaître d'un coup d'œil. Les chotts changer de couleur d'un moment à l'autre. Les troupeaux de chameaux devenir des obstacles mortels pour n'importe quel véhicule. Les oasis dépérir ou devenir luxuriantes d'une année à l'autre.

J'avais l'impression que Sarah admirait cette façon de concevoir le Sahara mais elle ne l'avait jamais exprimé clairement. Impossible de capter réellement son regard, de le rencontrer. Il m'arrivait de la flatter sans me rendre compte. Je dis un jour que Sarah et Sahara étaient presque les mêmes mots. Elle ne réagit même pas. J'étais pourtant sincère tout en sachant que j'étais lamentable de lui faire un compliment trop bête, comme un jeu de mots idiot, un calembour facile. Mais je trouvais le rapprochement troublant. Elle, ne laissa apparaître aucun trouble. Aucun agacement non plus. J'en fus cruellement meurtri. Je m'en suis voulu d'étaler comme ça un tel infantilisme, une telle complaisance.

Je ne me regardais que dans mon rétroviseur. Et toujours cette petite tête ridée et ravagée, déposée par hasard sur ce grand corps efflanqué et si grand. Cet air de pitre désossé aux cils inexistants comme s'ils avaient été brûlés à ma naissance. Cette gueule comme ébréchée.

Un méhari se meut dans le désert ocre et safran, comme invraisemblable. Il a une raideur de dyslexique malgré son mouvement balancé et superbement découpé. Son cavalier, une tache bleue, oscille lentement. Il traverse un chott aveuglant de blancheur. Les sabots du méhari soulèvent un petit nuage de sel verdâtre. Le méhari traverse le chott comme verglacé sur lequel la silhouette du cavalier trace une marque mauve qui boursoufle le fond de l'air immobile et mobile à la fois. Le climat saharien est atrocement glacial l'hiver au point que l'atmosphère est blanchâtre malgré les dunes jaunes ou rouges ou carrément safran. Impression que le désert est hargneux, méchant, dur à vivre, granuleux.

Le soleil couchant, durant ces jours polaires, semble un lambeau ovale, rouge et livide, à la fois, flamboyant et terne, brouillé et distendu. Il se plaque sur la succession de ksour aux formes étranges ; de falaises rouges qui dominent des chotts, maintenant, bleus ; de dunes de l'Erg, en arrière-plan, à la fois camouflées et criardes ; avec cette couleur safran qui, au fur et à mesure que le soleil disparaît, va devenir fauve puis ocre, puis rouge. Puis, plus rien. Le désert s'évanouit alors.

Il ne reste plus trace de rien sauf cette sécheresse de l'air dure et cassante comme du mica et, dans la bouche, le goût du sable qui crisse sous les dents lorsque nous dînons au cours de quelque bivouac, à la lueur d'un feu rougeoyant que je m'ingéniais à allumer très vite et à faire durer le plus longtemps pour me faire aimer de Sarah. Mais en vain !

Maintenant, quand tout le monde dort, je m'occupe de réparer les dégâts subis par Extravagance, en plein désert, à la lueur d'une puissante lampe halogène achetée elle aussi à Genève, en même temps, le tout pour mille francs suisses.

Une manière d'occuper le temps pour ne pas boire et pour plaire à Sarah qui n'a pas l'air de se rendre compte de l'effet désastreux que produit le manque d'alcool sur mon organisme imbibé depuis l'âge de seize ans.

La passion du désert vint plus tard.

UN JOURNALISTE FRANÇAIS ABATTU PAR LES INTÉGRISTES DANS LA CASBAH D'ALGER.

IV

Une nuit à Constantine, je traîne Kamel Raïs et Henri Cohen dans une fumerie où la rêverie est paisible malgré les apparences. Les visages des clients sont pleins de l'absence que donne l'extase. Ils sont sérieux comme s'ils attendaient la mort ou un quelconque néant qui lui ressemble. Les ivrognes se querellent avec les fumeurs de kif, pour la forme et sans élever la voix. Des mangeurs de sardines grillées font des paris au sujet de n'importe quoi. Il n'y a jamais de femmes. Les colombes roucoulent sereinement, sans trop de grabuge. Les chansons sont âcres et dures. Elles n'évoquent que des femmes belles, dociles et plantureuses.

Kamel Raïs est mécontent. Il veut nous entraîner dans un bordel. Nous faisons front Henri Cohen et moi. Je chuchote à l'oreille de mon ami juif que Kamel Raïs constitue un vrai danger pour sa sœur Jeanne Cohen qui en est un peu amoureuse. L'arôme des pots de basilic rangés les uns après les autres, tout le long des murs, s'exhale très fortement. Un homme entre dans ce vieux bar où il n'y a que des nattes pour s'asseoir. Il a l'air mystérieux car il ne sent pas des pieds comme tout le monde. Il porte dans la poche de sa veste bleu de Chine un couteau à cran d'arrêt. Il ne l'exhibe pas mais cela crève les yeux. Kamel Raïs en profite pour nous obliger à partir. Il a la trouille. Rien à faire ! Un vieillard hoche la tête puis s'absorbe, squelettique, dans une profonde méditation.

Kamel Raïs dit : « Un lieu où il n'y a pas de femmes est un lieu vide. » Henri Cohen lui dit : « Bravo ! quel féministe tu fais... tu n'aimes les femmes que pour les baiser... si tu emmènes ma sœur au cinéma Le Colisée je te tue... anus sinus et cosinus ! » Quelqu'un, très habile, fait circuler un verre ébréché rempli à ras bord de vin rouge, et une pipe trop bourrée de haschisch. Le verre passe de bouche en bouche et la pipe aussi. Kamel Raïs fait le dégoûté parce que tout le monde boit dans le même verre et fume la même pipe. Le patron met un disque de Reinette l'Oranaise. Henri Cohen pleure à chaudes larmes, parce que la chanteuse est juive comme lui. Je trouve qu'il exagère et qu'il est chauvin. Soûl déjà, je le provoque : moi je préfère la reine du raï la Remitti, elle, au moins, n'est pas juive ! Kamel Raïs s'interpose entre nous.

Le dernier autobus passe sous le tunnel du boulevard circulaire mais personne ne l'entend. La ville tapageuse toute la journée s'abîme dans un silence mortel dès la tombée de la nuit. Entre la grande poste, en contrebas du ravin, et la préfecture, très haut perchée, c'est le vide. Constantine en cette année 1958 s'épanouit d'une façon artificielle et exhibe quelques chantiers pour faire semblant de donner du travail aux innombrables chômeurs. Quelques rares et grosses grues bâtissent quotidiennement des échafaudages compliqués, toujours sur le point de culbuter dans le ravin qui fait le charme de la ville. Les palissades vermoulues sont tapissées d'affiches qui prônent, toutes, la pacification et la paix des braves. Elles fusent à travers leurs slogans et leurs couleurs plus naïfs et plus coloniaux les uns que les autres. Il y a comme une fusion des mots et des couleurs qu'on dirait jaillie du matériau lui-même. Les palissades des chantiers bouchent ainsi toute perspective.

Constantine a toujours senti l'encens, les étoffes neuves et les têtes de mouton grillées à même la braise.

Un paysan enrichi consent à nous payer quelques verres et quelques pipes. Henri Cohen est ravi d'une telle aubaine. Il est très près de ses sous. Mais c'est le plus pauvre d'entre nous. C'est pourquoi ma mère lui refile, discrètement, un peu d'argent de poche ; de temps à autre. Son père est gardien de l'aéro-club de la ville et père de neuf enfants. Le bouge où nous

nous trouvons est tout collé à la grande muraille construite en 1848 par Salah Bey pour empêcher les Français d'entrer dans la ville. L'odeur d'huile qui bout dans la bassine où l'on jette d'énormes poignées de crevettes rouges empeste l'atmosphère.

Nous nous réconcilions Henri Cohen et moi. Très vite.

Les consommateurs sont douillets, tièdes et paisibles. Il y a un balcon avec une balustrade en bois ouvragé, très ancienne et tellement vieille qu'il est interdit d'y accéder. Les perruches ont de belles cages dorées. Le fer forgé surgit de l'ombre par intermittence, à chaque passage de voiture aux phares allumés. Les clients sont secs et noueux. La pénombre est jaune. L'air est enfumé. Les murs sont ocre. La police coloniale est discrète.

Le patron est gras et chauve. Malgré ses airs efféminés, il est le protecteur très paternaliste de tout le monde. Il apprécie beaucoup notre présence à tous les trois. Un gros nègre, la tête enveloppée dans une serviette de toilette écarlate, fume placidement le narguilé. Comme s'il se moquait du monde, tout en surveillant, de près, une cage placée à côté de lui, remplie de magnifiques canaris silencieux et soupçonneux.

Des photos de femmes nues ornent les murs écaillés mais les clients ont l'air de les ignorer imperturbablement. Kamel Raïs, par contre, n'arrête pas de se rincer l'œil. Henri Cohen le charrie sur les gros seins de Salima Malki qu'il emmène régulièrement au cinéma Le Colisée. Je préfère me taire et rester neutre. Des mouches se lutinent sur une glace brisée à plusieurs endroits et recollée régulièrement par le propriétaire. L'extase nous gagne tous les trois à force de vin et de kif.

Reinette chante : *Une goutte de vin est un grain de beauté sur la joue de l'intelligence.* C'est un poème d'Omar Khayyām dont nous connaissons par cœur les 27 façons de résoudre une équation du 3e degré, grâce au génie de Kamel Raïs. En classe il est toujours le premier en math. Henri Cohen, toujours le deuxième. Et moi, toujours le troisième. Kamel Raïs est obsédé par les mathématiques et les prostituées du plus grand bordel de Constantine. Ses simagrées avec Salima Malki, c'est de la foutaise. C'est pour faire semblant et donner le change. Par contre je trouve que Jeanne Cohen s'intéresse un peu trop à lui. Je m'en inquiète.

Vingt-cinq ans plus tard, j'essaie d'emmener Sarah dans une fumerie clandestine de Timimoun pour lui faire comprendre, discrètement et en douceur, combien ces soûleries et ces fumeries de mon adolescence avaient été prodigieuses. J'en connais une où on chante pendant toute la nuit le même chant, le *Ahlellil*, à la fois érotique, païen, mystique et religieux, du crépuscule à l'aube. Le même chant que l'on répète à l'occasion des fêtes religieuses, des mariages, des circoncisions et des offrandes à la centaine de marabouts, de zaouias et de confréries. Ils prolifèrent à l'intérieur et jalonnent les alentours de cette oasis au ksar rouge. Le ksar est bâti sur les hauteurs septentrionales du Tademaït. Il est bien protégé par la palmeraie et l'immense chott. Le chott est une sorte d'interminable papier glacé qui fut jadis un grand lac.

Sarah refuse de m'accompagner à cette fête païenne parce qu'elle a peur d'être tentée de fumer du kif. Elle dit : « Avec votre vodka vous êtes un homme très dangereux ; avec le kif, je deviens une femme très dangereuse. » Je compris plus tard le sens ironique de cette menace sous-entendue. J'allais vite en faire la douloureuse expérience. Un soir, elle finit par céder d'elle-même et accepta de m'accompagner dans cette fumerie.

La journée avait été très dure et très exténuante à cause d'un vent de sable terrible et parce que Extravagance tomba en panne au sommet d'une dune de cent cinquante mètres de hauteur réputée infranchissable par les autochtones. J'avais pris cette dune non pas pour épater Sarah mais pour lui faire peur. Je mis trois heures à me désensabler. Aucun des voyageurs ne paniqua. Sarah non plus. Elle m'aida plutôt à creuser le sable et à placer sous les roues du car tout ce que j'avais de couvertures en poil de chèvre et de burnous en poil de chameau. La meilleure façon de se désensabler si on ne veut pas transporter des leviers et des treuils trop encombrants.

Les autres personnes juchées sur le toit du véhicule contemplèrent de longues heures durant ces montagnes de sable fauve ou ocre ou rouge ou safran. Elles avaient l'air ravi mais trois heures à regarder le même aspect du désert, c'est trop long et très dangereux. Je dis à Sarah : « C'est comme cela qu'on devient fou ou, au mieux, mystique. » Elle rit mais d'une façon quelque peu forcée.

Vers dix heures du soir, après le dîner, j'étais en train de contempler une bouteille de vodka inentamée quand elle vint dans ma chambre me demander, donc, d'aller écouter ces musiciens qui chantent et dansent sans interruption toute la nuit, jusqu'à l'extase totale. Elle avait changé d'aspect parce qu'elle s'était maquillée et mis une très jolie robe et des chaussures à talon. J'étais presque déçu. Je la préférais en garçon raté. Mais, sous le maquillage et la toilette, sa vraie nature transparaissait à travers ce grand corps mince, quelque peu osseux, au buste si plat, aux membres si longs.

Quand nous arrivons sur les lieux, l'atmosphère est déjà houleuse. Un vieillard dirige le groupe de chanteurs. Une vieille femme dose les quantités de kif pour chaque convive selon son état. La mélopée répétitive tourne en rond sur elle-même comme les danseurs, d'une façon entêtée, prenante, obsédante et douloureuse. Sarah accepte sa première pipe et s'installe à côté de moi à même le sol recouvert de nattes. J'ai peur de la frôler. Elle aussi garde ses distances. À sa façon de fumer la longue pipe, je comprends qu'elle a déjà été initiée. Par qui ?

Brusquement, je suis devenu jaloux. Un tel sentiment tout à fait étranger à moi me donne l'impression que je suis piégé de l'intérieur. Je ressens mon premier désir comme un cyclone qui ravage brusquement toute cette passivité, cette peur, cette inhibition et ce remords vis-à-vis des femmes. Ce qui m'est venu naturellement mais que j'ai dû, peut-être, cultiver progressivement, après, par dérision, par dégoût et par désespoir. À cause de cette tentation de la mort qui m'a fasciné depuis toujours et de cette détresse congénitale qui a pourri toute ma vie. Peut-être, tout cela a-t-il commencé le jour où mon frère aîné rata la marche d'un tramway roulant à toute vitesse dans les rues de Constantine. Pari stupide mais pari gagné : il est mort sur le coup. Je devins pilote et fis dans mon Mig-21 toutes les acrobaties interdites par le règlement comme pour essayer de rater une manœuvre et faire comme mon frère qui rata une marche de tramway.

Durant toute cette nuit, je me sens oppressé, mal à l'aise, maladroit. Je remarque que Sarah me trouve pathétique, pitoyable, et qu'elle n'y peut rien. Le kif non plus n'y peut rien. Elle, par contre, s'enfonce dans l'extase et me laisse tout seul, englué dans ma lucidité. Je réalise qu'il me faut une bouteille de vodka mais refuse de céder à mon envie. Sarah s'est mise à danser avec le groupe composé exclusivement de Noirs. Je la vois envoûtée. Éclatée. Libre. Elle jette très vite son dévolu sur un superbe nègre du même âge qu'elle. Je comprends qu'elle ne rentrera pas avec moi à l'hôtel, au lever du soleil, une fois cette fête païenne et rituelle terminée. Je décide de partir sous l'œil étonné mais discret de l'assistance dont je connais tous les membres depuis des années. Depuis ce jour où j'ai acheté mon vieux tacot à son propriétaire suisse hésitant, récalcitrant mais très généreux ; avec lequel je vidai deux bouteilles de vodka dans un bar de Genève.

Je revins à l'hôtel. Montai dans ma chambre. Pris une bouteille de vodka. Ressortis. M'installai à même le sol devant la porte de Sarah. Pour la première fois de ma vie je me comportais en mâle intransigeant et autoritaire. J'étais sûr qu'elle ne rentrerait pas ce matin-là ni dans la journée du lendemain qu'elle passerait avec le jeune garçon noir. Il chantait, dansait et jouait si bien de l'amzad. Cette sorte de violon touareg qui avait remonté du Hoggar vers le Gourara, à travers les siècles, les rezzou, les vents de sable, les guerres et les passions amoureuses.

À sept heures du matin, j'étais complètement ivre.

Sarah n'était pas rentrée. Elle ne rentrera pas avant la tombée de la nuit. Quand elle se sera lassée de faire l'amour avec son amant. C'était de son âge. Je n'étais pas triste mais seulement jaloux. J'étais embêté de devoir modifier la suite du voyage. Il n'était pas question de continuer sans Sarah. Il me fallait l'attendre. Avant d'aller me coucher, je descendis dans la salle à manger de l'hôtel où mes clients prenaient leur petit déjeuner. Je bafouillai quelque excuse, dis que j'étais trop malade pour continuer le voyage et donnai journée libre à tout le monde pour revoir l'ingénieux système d'irrigation de la palmeraie, l'une des originalités de Timimoun qui possède le système de foggaras le plus astucieux et le plus long de tout le Sahara.

Le patron de l'hôtel m'apporta le journal fraîchement débarqué de l'avion.

... MASSACRE À L'AÉROPORT D'ALGER. UNE BOMBE DÉPOSÉE PAR DES INTÉGRISTES FAIT NEUF MORTS ET UNE CENTAINE DE BLESSÉS DONT CERTAINS SONT DANS UN ÉTAT GRAVE.

... Je montai dans ma chambre. Je vomis dans le lavabo toute la vodka que j'avais ingurgitée la veille et tout mon dégoût de ce nouveau carnage et cette jalousie aussi soudaine que subite. Je me suis mis au lit et dormis toute la journée, d'une seule traite et sans faire de cauchemars.

Je devais donc attendre Sarah à Timimoun où cent soixante-quinze kilomètres de galeries amènent les eaux d'une nappe souterraine située, paradoxalement, au-dessus des terrains à irriguer. Les galeries ont été percées depuis des siècles par des esclaves noirs importés du Soudan. Les canaux sont creusés à travers les couches d'argile et de grès, inclinées, astucieusement, en sens inverse les unes par rapport aux autres, d'est en ouest. Timimoun possède des canalisations en forme de peignes à l'aspect complexe qui distribuent l'eau à chaque jardin et répondent à une combinatoire infinitésimale qui comblerait Kamel Raïs de bonheur. À cause de toutes ces ramifications inextricables, enchevêtrées, qui se chevauchent les unes les autres.

Chaque opération de partage de l'eau donne l'occasion d'une répartition du débit initial en débits dérivés, puis en débits sous-dérivés, donc en nouvelles canalisations dont le nombre se multiplie à l'infini. Je voulais faire découvrir cette oasis à Sarah et j'étais là maintenant à attendre qu'elle termine sa fête érotique, orgiaque, rituelle et démentielle, pour repartir sur les routes du désert, conduisant Extravagance comme je pouvais. Comme à tâtons. Presque à l'aveuglette.

Timimoun est un ksar rouge très ancien, avec ses

murailles construites en pisé ocre. Il se love sur une longue terrasse qui domine d'une vingtaine de mètres la palmeraie. Son minaret soupçonneux à l'architecture de poupée, aux lignes arrondies et au pisé grenu, surveille le désert alentour. Avec ses dunes gigantesques et très mobiles. Ses anciennes routes de l'or et du sel. Ses oasis qui ont vu durant des siècles des vagues de réfugiés berbères, zénètes, juifs, noirs et arabes s'y cacher, s'y agglomérer et s'y installer définitivement pour créer, à force de travail et d'ingéniosité, une sorte d'Éden qui avait englouti Sarah pour une nuit et un jour.

Tandis que moi, réveillé depuis un moment, je restais affalé sur mon lit, en état de choc à cause de l'attentat perpétré la veille, à l'aéroport d'Alger. L'oreille attentive, quand même, aux pas de Sarah, enfin de retour, parce que j'étais très inquiet à son sujet et très jaloux. Aussitôt après, je fus repris par mes vomissements répétés.

À vomir, je retrouve toujours la même sensation putride, ressentie lorsque je vis pour la première fois du sang de femme. Il coulait très lentement sur la cuisse gauche de ma mère. Je crus qu'elle était grièvement blessée et qu'elle allait mourir. Ma mère était assise dans le jardin ; sa robe relevée sur ses cuisses, à cause de la chaleur. C'était l'été. Il faisait un temps de canicule. Ma mère continuait à perdre son sang. Elle ne se rendait compte de rien. Très vite une petite flaque de sang se forma à ses pieds. Soudain ma mère vit son propre sang étalé par terre. Elle se leva vite et partit en poussant des cris. Au fond, ce besoin de vomir n'est pas dû à la nausée mais à l'incompréhension. Lorsque je ne vois pas clair, je vomis. Un déclic dans ma mémoire et je retrouve une origine encore plus lointaine à mon malaise, et à ma frigidité.

Huit ans. Découverte derrière la porte de la cuisine de chiffons imbibés de sang noirâtre, dégageant une odeur fétide. Entre chaque morceau, un filament gélatineux. Le soleil tombait en plaques fauves et aveuglantes sur l'ignoble paquet. Une des tantes me surprit et me gifla mais je ne pouvais pas partir car ma bille était coincée sous les chiffons sanguinolents. Ce jour-là, je compris ce que c'était que du sang de femme. Je vomis pour la première fois. Toute ma vie j'ai rêvé de morceaux de coton ensanglantés qui attiraient un grand nombre de mouches et de bestioles avides de sang féminin. Je rêvais aussi que toutes les femmes, dont ma mère, étaient mortes et qu'elles étaient parties en ne laissant pour toute trace de leur existence qu'une petite flaque de sang en train de coaguler sous l'effet de la chaleur.

Depuis cette rencontre avec l'intimité féminine j'ai considéré les femmes comme des victimes, des êtres à part, porteurs de plaies redoutables qui attirent les cafards, derrière les portes des cuisines. À leur insu ! J'éprouvais, aussi, une terrible terreur pour ces sillons rougeâtres et duveteux que je regardais apparaître entre les cuisses des jeunes voisines, quand elles nous laissaient regarder leurs sexes qu'elles avaient l'habitude de s'épiler, sur les terrasses, à l'heure chaude de la sieste ; vicieusement. Ces protubérances féminines en forme de grosses noix coupées grossièrement par cette sorte de tube granuleux que forme le clitoris me faisaient fuir.

Dans le jardin de l'hôtel, à Timimoun, l'obscurité devenait de plus en plus profonde et de plus en plus voluptueuse. L'horizon apparut à la fois à portée des doigts et en même temps très très loin. Le soleil donnait l'impression d'être tombé derrière le mur d'enceinte du jardin, puis derrière l'oasis. Progressivement les résidus de clarté restante s'étaient éparpillés comme grappillés, distribués à l'intérieur des arbres. C'était comme une sorte d'ellipse résumant le monde dans sa totalité.

Sarah s'entêtait depuis une heure à considérer les immenses palmiers comme un refuge pour tous les oiseaux du monde. Ses préjugés et ses partis pris resurgirent violemment en elle. J'avais remarqué qu'elle évitait de lire les journaux dont les titres étaient souvent consacrés au terrorisme. Les branches du palmier s'étaient mises à griffer les battants d'une fenêtre toute proche. La nuit devenait de plus en plus profonde.

Sarah vit un oiseau planer lentement, toutes ailes déployées en les agitant d'une façon orgueilleuse et pleine de jubilation. Comme s'il voulait défier cette couche de nuit qui risquait de l'engloutir d'un moment à l'autre. Le cou d'un autre oiseau s'était comme épinglé au fil de l'horizon de plus en plus ténu, fragile et frêle. Ses plumes d'un coloriage criard faisaient un tracé à la fois poudreux et grenu sur l'environnement verdoyant du jardin. Le gazouillis des oiseaux se diluait dans l'atmosphère prodigieusement lumineuse malgré la disparition du soleil.

Les lézards placides commençaient à sortir de leurs trous et à prendre possession de tous les murs. Je vis le premier lézard gober méchamment le premier insecte. Ils restaient là de longues minutes durant à attendre leur proie, l'œil vide et torve ; le corps immobile et sans vie, jusqu'à ce qu'un insecte passât à portée de leur gueule. À ce moment-là, d'un coup brusque et net, ils gobent leur victime et se positionnent à nouveau dans une immobilité surprenante.

Sarah regardait cette horrible chasse aux insectes avec une sorte de ravissement. Je n'en étais pas surpris.

La nuit saharienne devenait de plus en plus charnelle, concrète et voluptueuse. L'horizon se rapprochait et s'éloignait à la fois. La lune monta dans le ciel. Elle était bombée, glacée, comme cristallisée. Elle était si basse qu'elle donnait l'impression de toucher un énorme rosier grimpant, très touffu. Sarah pouvait, aussi, presque toucher les oiseaux qui s'y étaient réfugiés ou camouflés ou engloutis. Elle entendit monter vers elle leurs chuchotements comme apeurés, chuintants, étouffés, ensommeillés, bougons et revêches. Juste avant de tomber dans le sommeil ou plutôt dans ce semblant de sommeil trompeur tellement les oiseaux du Sahara sont méfiants, aux aguets, voire insomniaques.

Ces sortes de traces, de résidus, de séquelles de vies fragiles et frêles nous parvenaient donc avant que les oiseaux ne réintégrassent leurs nids enfouis dans les rosiers et les palmiers majestueux et interminables et dont les branches se collaient de temps à autre aux fenêtres de l'hôtel sous l'effet du vent. Ou peut-être sous l'effet de quelque tropisme incroyable ou de quelque magnétisme invisible.

D'autres oiseaux qui n'avaient pas encore réintégré les arbres s'étaient installés sur le toit d'en face. Ils étaient tellement nombreux qu'ils le recouvraient complètement de leurs plumes. Je les imaginais, alors que j'en étais à ma sixième vodka, acariâtres, revêches, simulateurs, affectés mais merveilleux quand même ! Je croyais alors que ces cris d'oiseaux étaient un peu le raccourci de tous les pleurs, les lamentations, les gémissements, les hurlements, les soupirs et les chuchotements non seulement de ma famille mais de mon pays dans sa totalité et du monde entier fondamentalement malheureux, épuisés de chagrin, de malheur, de guerres et de deuils que le terrorisme ignoble et déchaîné amplifiait :

... UNE FEMME DE MÉNAGE ÂGÉE DE 46 ANS ET MÈRE DE 9 ENFANTS A ÉTÉ ABATTUE DE DEUX BALLES DANS LA TÊTE ALORS QU'ELLE REVENAIT DE SON TRAVAIL...

C'est à cette période que ma vie, déjà très boiteuse, devint carrément intenable. La recrudescence des assassinats abominables me révoltait. Les magouilles politiques et financières proliféraient. La secte des Assassins tenait le haut du pavé et ciblait tout particulièrement les intellectuels et les citoyens les plus pauvres et les plus inoffensifs. Aveuglément ! Dès que je revenais à Alger, je perdais le sens de la réalité. Je changeais de domicile tous les trois jours. Je vivais sur le qui-vive, mes capsules de cyanure à portée de la main. Sait-on jamais ? Un jour peut-être, j'aurais le courage d'en croquer une. Mais c'est fade le néant !

Sarah allait aggraver ma situation, déjà désastreuse.

V

J'avoue que je n'aime pas me regarder dans une glace. À quoi cela servirait-il ? J'ai toujours eu ce visage-là. Je l'entrevois cette gueule de temps à autre dans le rétroviseur de la cabine lorsque je dois faire des manœuvres délicates dans le désert où il m'arrive de faire semblant de m'ensabler pour la grande joie des touristes qui veulent de l'aventure à tout prix. Pendant quelques heures ils ont le grand frisson. Ils se dépêchent de sortir caméras, appareils photo et stylos, alors. Ils s'imaginent qu'ils vont rester là. Qu'ils vont finir par mourir de soif. Que les survivants mangeront la chair de ceux qui sont morts. Enfin, tout ce qu'ils ont lu dans certains livres et tout ce qu'ils ont vu dans certains films. Mais je me désensable assez vite. Parfois il m'arrive de m'ensabler involontairement. Il faut dire qu'Extravagance n'est pas légère. Malgré toutes les modifications sophistiquées que j'ai introduites dans le moteur devenu trop puissant, elle reste une grosse guimbarde qui a plus de quarante ans d'âge. Le même âge que moi.

Au fond Extravagance me ressemble !

Cela fait dix ans que je l'ai achetée pour rien à Genève. Mille francs suisses. J'ai dû payer autant pour régler la note de cette beuverie fabuleuse avec le vendeur qui pleurait Extravagance comme s'il s'était agi de sa propre fille. En ces temps-là, elle n'avait pas encore ce nom. C'est dans un bar d'Alger que j'ai trouvé, avec l'aide de quelques copains, ce nom qui lui va bien. Plus tard, j'ai peint de gigantesques palmiers entrecroisés sur les deux côtés. Rose bonbon et vert pistache. Je n'aime pas ce genre de peinture naïve et kitsch mais Kamel Raïs et Henri Cohen avaient été formels : la clientèle touristique aime ce genre de guimauve.

Je n'aime donc pas me regarder dans une glace mais avec tous les rétroviseurs gigantesques et vieillots qui affublent Extravagance, il m'arrive de tomber sur moi-même, comme par hasard. J'ai toujours eu cette tête-là. Je me suis toujours ressemblé. Du plus loin que je me souvienne. Peut-être que j'ai pris ce visage définitif lorsque mon frère rata la marche du tram pour faire le clown devant la vie… J'ai toujours eu cet air poignant, hagard, inquiet et inquiétant.

Les années passées dans l'armée de l'air à piloter ces engins de chasse ne m'ont pas non plus arrangé.

Pas plus que le désert que je ne quitte plus depuis une dizaine d'années. Avec quelques rares escapades dans les bars d'Alger ou de Constantine où je continue à boire en compagnie de Kamel Raïs et Henri Cohen. Ils n'ont pas beaucoup changé. Ils ont gardé leur aspect d'adolescents surdoués. Moi non plus d'ailleurs je n'ai pas changé, car j'ai toujours eu cette tête de vieillard. Mais c'est terrible le désert pour faire vieillir les gens. Il les rétrécit, les assèche et les fripe. Avec cette grande taille et cette petite tête, j'ai toujours un air froissé, comme on le dit d'un vêtement. Les vents de sable y sont aussi pour quelque chose.

Mais le pire, c'est la vodka. Elle m'a donné ce cou de poulet déplumé qui semble toujours nager dans le col de mes chemises ; ces yeux brouillés aux paupières lourdes et sans cils. Ma pomme d'Adam a l'air de tourner sur elle-même, tel un gros bouton en carton-pâte amidonné. Toujours aussi cette allure de vieille tortue au cou criblé de vagues taches de rousseur. Avec ce teint grisâtre, on aurait dit que mon corps était un tas flasque de choses molles et osseuses à la fois, de viscères séchés au soleil pendant des siècles et de muscles ramollis, comme retenus par des épingles à linge, pour que le tout ne s'effondre pas brusquement, tragiquement.

Sarah doit penser que je suis une sorte de vieillard prétentieux et libidineux, puisqu'elle sait que je suis amoureux d'elle. Je n'ai pas fait de déclaration. Non. Rien. Je n'ai pas pipé mot. Mais cela se voit à mes yeux, sans cils, de chien battu, à ma gêne et à mes maladresses. Je suis devenu, à cause de cet amour désespéré, une sorte d'épouvantail pleurnichard, langoureux, ivrogne et moite. Je me répugne franchement. Je ne saurais même pas comment l'embrasser, Sarah, puisque je n'ai jamais embrassé une femme de toute ma chienne de vie. J'aurais peur de la terroriser :

LE GRAND ÉCRIVAIN TAHAR DJAOUT ABATTU PAR DES TERRORISTES DE DEUX BALLES DANS LA TÊTE AU MOMENT OÙ IL DÉPOSAIT SES DEUX FILLETTES DEVANT LEUR ÉCOLE.

… J'aurais donc peur de la terroriser, rien qu'en lui prenant la main. Et puis, je ne pourrais pas. Trop burlesque. J'aurais le fou rire de moi-même. Comme si ce tas de choses molles et dures en même temps et qui représentent, à priori, ce que j'appelle communément mon corps, ne tenait debout que grâce à ces vêtements qui sont les seuls repères évidents, qu'en dessous il y a un être humain qui ne s'est jamais intéressé aux femmes. Qui en a même peur et qui a honte de cette inhibition inexplicable qui lui donne beaucoup de remords.

Quelqu'un qui souffre et qui passe son temps à cacher sa douleur et son dégoût. Quelqu'un qui a perdu son frère aîné dans une affaire rocambolesque de tramway. Qui s'est mis, très jeune, à boire de la vodka. Qui s'est faufilé dans les aéro-clubs à seize ans avec la complicité du juif Albert Cohen, le gardien. Qui a piloté des Mig-21, des Mig-28 et des Sukhoi pendant dix ans jusqu'à ce qu'on le mette à la porte de l'armée parce qu'il allait se soûler la gueule à Casablanca, à Bruxelles, à Paris ou à Genève, en empruntant un Mig par-ci, un Sukhoi par-là, sans même demander l'autorisation à son commandement. Villes ou escales d'où il envoyait toujours une carte postale à son salaud de père qui l'avait renié et déshérité à dix-huit ans ; pour le narguer, se payer sa tête. Qui est follement amoureux, maintenant, d'une gamine de vingt ans, qu'il ne cesse pas de photographier. Qui est jaloux comme un macaque. Qui sent des bouffées de racisme monter en lui, à l'encontre de ce superbe éphèbe noir, joueur d'amzad qui s'est installé carrément dans l'autobus.

Je n'ai rien pu dire à cela. Sarah a proposé de me payer pour que son amant puisse poursuivre le voyage avec nous. J'ai refusé son argent et accepté son amant. Je devais donc le supporter pour ne pas perdre la face, jusqu'à Alger.

Depuis qu'elle est flanquée de son musicien, Sarah n'arrête pas de me fixer longuement dans le rétroviseur. Comme si elle voulait fouiller, fouiner dans cette gueule ravagée pour y trouver les traces de la souffrance et de la nausée. Mais en vain. Cette gueule-là est inamovible. Elle est installée dans le malheur et la désolation. Elle a l'habitude du désastre et de l'échec. Comme plantée dedans, irrémédiablement.

Sarah non plus ne se laissait pas lire les expressions du visage. En la regardant me regarder je ne décelais aucune réaction et pas la moindre trace d'émotion. Je ne percevais jamais un signe de sympathie ou de complicité. Rien. Après tout c'est moi qui l'ai amenée dans cette fête où elle a fait la connaissance de son musicien. Elle n'avait pas l'air d'y tenir beaucoup d'ailleurs. Mais je dois me faire des idées. Je rêve qu'elle ne l'aime pas et qu'elle ne le désire pas. Pour ne pas être jaloux et ne pas souffrir encore plus.

Depuis que j'ai perdu Sarah, j'ai compris que je retombais dans ma solitude et dans mon aversion des femmes.

J'étais devenu obsédé par la nécessité de mutiler mon sexe, de le couper une fois pour toutes. Pour ce qu'il me sert ! Autre mode de suicide…

Je me sentais abandonné dans mon propre corps et dans mon propre car.

C'est comme lorsque j'étais adolescent. Dès que mes deux amis, Kamel Raïs et Henri Cohen, me laissaient tomber, j'avais l'impression que la ville dégringolait sur moi. Cette ville qui est comme perchée. Constantine, donc, avec ses ponts suspendus, ses ponts-levis, son ravin vertigineux, ses casbahs éparpillées sur l'ocre des falaises interminables et des rochers comme effrités. Constantine où j'ai toujours eu, déjà, à seize ans, ce même visage et où la tentation du suicide est plus grande que dans n'importe quelle autre ville du monde.

À Timimoun aussi. C'est-à-dire ce que mon œil voyait d'abord monter vers lui, lorsque j'arrivais en face du ksar. Sorte de guillemets et de détails agglomérés au premier plan, d'une façon si évidente que l'on a peur de s'y fracasser le visage. Puis ces agglomérats et ces agrégats de volumes ocre, rouges et verts dégénéraient peu à peu. Au fur et à mesure de la succession des plans : la ville moderne, le ksar, la palmeraie qui deviennent, avec le changement rapide de la lumière, des détails de plus en plus brouillés, flous, brisés. Parce que le désert avec son espace et sa clarté réduit les choses et les rend approximatives et schématiques.

La casbah de Timimoun se résume à ces rangées de ruelles labyrinthiques, de fenêtres, de terrasses, de coupoles, de portes en bois trop vieilles, d'arcades, de minarets et de jardinets carrés et luxuriants. Toutes ces formes, tous ces volumes et toutes ces couleurs sont véhéments et criards au plus fort de la lumière. Ils deviennent délavés et décolorés à sa plus faible intensité. C'est vert ou ocre ou bleu ou rose ou jaune ou beige. Avec des couleurs passées, pâlottes, fades et translucides, parfois. Et des couleurs fortes, flamboyantes et presque aveuglantes, d'autres fois.

Mais c'est avec le coucher du soleil que la réalité bascule. Le monde n'a plus de sens. Ou plutôt, il le perd. L'ensemble architectural se transforme, alors, en hachures, en tracés et pointillés. Sortes d'épingles coloriées se dédoublant et se multipliant d'une façon infinitésimale, à la façon des peignes et autres canalisations qui distribuent l'eau dans les jardins minuscules de l'oasis d'une façon rigoureuse et diversifiée, d'une complexité étonnante. D'autant plus que le réseau de distribution est organisé selon les dimensions du jardin, les structures des castes et des classes et les arbres généalogiques des habitants du ksar que le maître des eaux, élu tous les trois ans par la population, régit d'une façon admirable, en véritable artiste doublé d'un mathématicien infaillible.

Ce système de peignes affolant est un diagramme recouvert d'argile et de glaise depuis des siècles. Il a été construit par les esclaves noirs importés du Soudan et de la Corne de l'Afrique. Ces mêmes esclaves qui ont servi à creuser les digues pour maîtriser et dominer le Tigre et l'Euphrate, dans l'ancienne Mésopotamie et, plus tard, dans tout l'ancien empire musulman.

L'oasis de Timimoun possède des jardins de poche qui embaument en permanence une subtile odeur de soleil, de bois brûlé, de terres mouillées, de tissus moisis, d'abricots et de tomates séchés, de fruits suris et d'alun servant à nettoyer les canalisations. Les jardiniers noirs effectuent un véritable travail titanesque et pénible pour empêcher les granulés de sable et les plaques de vase de boucher les canaux ou de les souiller.

Les maisons de Timimoun sont originales avec leurs énormes terrasses et leurs fours à pain rudimentaires et creusés à même le sol. Il y a toujours trois fours dans chaque maison. Sarah me demande pourquoi trois fours. Je ne sais que répondre. C'est comme ça. Par superstition, peut-être ! Les toilettes aussi, à l'air libre où l'on fait ses besoins sur la plus haute des terrasses, avec la nuit, la chape des étoiles tellement belle, tellement roide que l'on a l'impression qu'uriner est un acte qui mène à l'extase. Je flaire encore plus les odeurs de Timimoun chaque fois que Sarah me laisse poireauter devant sa porte, buvant au goulot ma vodka, me rendant malade de jalousie.

J'en étais réduit à l'épier maintenant, à monter stupidement la garde devant sa chambre. Je perdais pied. Je n'avais plus d'orgueil ni de fierté ! Je l'imaginais, souvent, en train de faire l'amour avec ce superbe musicien noir mais certainement métissé de berbère, de zénète, de juif et d'arabe. J'essayais d'imaginer le corps des deux amants, mais, au fond, sans beaucoup de résultats puisque je ne sais même pas comment on fait ce genre de chose. C'est cette nuit-là que je regrettai, pour la première fois, d'être passé à côté des femmes, de leur tendresse, de leur corps, de leur sexe, de leur humidité. Mais c'est cette nuit-là, aussi, que je retombai dans ma peur des femmes et que je retrouvai mon état normal d'être frigide, desséché, fragile et bourré de remords. Je perdais carrément la tête.

Dans les jardins de Timimoun je sens les odeurs du soleil, de la chaleur et du froid, mêlées aux autres odeurs qui remontent de mon enfance, de mon adolescence pourrie par la mort rocambolesque, funambulesque de ce frère aîné. Maman porta le deuil à sa façon. Elle serra sa tête dans son superbe fichu berbère et bariolé. Pendant un an, elle ne parla jamais de cette mort ridicule et injuste. Elle s'était enfermée dans son mutisme et dans sa chambre où elle restait attelée, du matin jusqu'au soir, à sa machine à coudre.

Ou plutôt à ses machines à coudre parce que mon père n'arrêtait pas d'en acheter des nouvelles malgré les protestations répétées mais naïves de ma pauvre mère. Comme si le maître des lieux voulait, par ce subterfuge subtil et cynique, la clouer là à ses machines stupides qu'il faisait venir du monde entier. Des marques toujours nouvelles. Toujours le dernier modèle. Le dernier cri. Il voulait, ainsi, l'attacher et la bâillonner pour cacher ou pour compenser ses interminables errances, ses extravagantes maîtresses, ses incroyables passions encyclopédiques et ses nombreux séjours en prison pour des raisons politiques.

Ma mère donc, à cause de lui, restait là, toujours immobile et clouée à ces satanées machines. Elle restait calme, voire apathique et sans ressort face à la nervosité de son époux, son agitation et son activisme. C'était sa manière à lui, insidieuse et habile de l'accaparer, de l'occuper constamment et d'acheter non seulement son consentement mais sa bénédiction, voire sa conscience.

Il ne cessait donc pas de l'encombrer de ces différentes machines comme pour l'éloigner ainsi de l'adultère ou, plutôt, de l'idée même de l'adultère. Maman ne se rendait compte de rien avec sa naïveté, sa bonté et son manque désespérant d'imagination. Elle ne se doutait de rien, dans cette maison qui émet constamment un subtil et pénétrant parfum ; mélange, à la fois, de moisissure de légumes, d'essence de rose, de graisse pour les machines à coudre, de tissus neufs, d'abricots séchés et de mûres pourries. Parfums ou odeur ou relent que j'avais fini par ne plus séparer d'elle, bien qu'en réalité ce soit l'odeur du crêpe de Chine qui caractérisait le plus ma mère.

La maison exhalait aussi ce parfum merveilleux à l'essence de roses macérées, à l'odeur comme suave et molle, tellement il sentait bon. Son parfum à elle !

Ma mère passait sa vie à se dessécher dans l'odeur permanente et printanière des mûres transformées en confitures par tante Fatma, d'abricots transformés par une jeune tante neurasthénique en pâte onctueuse baignant dans l'huile d'olive entreposée à l'intérieur de vieilles jarres berbères un peu fêlées, un peu cabossées mais aussitôt rafistolées, tenant le coup et supportant bien le poids des années. La chambre de ma mère, elle, sentait toujours les mêmes effluves de pétales de roses macérés dans l'inénarrable fiole plate en verre violacée que lui avait offerte son époux volage et insaisissable. Fiole magnifique qui deviendra, plus tard, la flasque à whisky que mon frère aîné cachait dans sa poche arrière.

Comme si la permanence de ces odeurs familiales allait de pair avec la permanence des odeurs sahariennes de Timimoun.

J'étais abandonné et humilié par Sarah comme jamais Kamel et Henri Cohen ne l'auraient fait. Je les connaissais depuis si longtemps, toujours à mes côtés, à arpenter la vie en ma compagnie. Kamel Raïs était, au fond, le plus fragile et le plus vulnérable de nous trois. C'était un taciturne et il possédait des yeux d'une couleur indéfinissable. Les mêmes yeux que Sarah. Des yeux qui étaient parfois bleus, parfois violets, mais toujours embués de leurs larmes retenues. Sous ses cils magnifiques, on aurait dit qu'il y avait, toujours, des trombes de larmes prêtes à jaillir.

Kamel Raïs voulait paraître patient, désinvolte et flegmatique, mais il était très angoissé, très rentré, en réalité. Avec sa taille superbe, sa beauté légendaire parmi les jeunes filles de Constantine, sa sensibilité excessive, sa susceptibilité encombrante et son génie mathématique, nous l'avions surnommé Kamel-Court-Circuit, parce qu'il savait résoudre une équation du 3e degré de 27 façons différentes en un minimum de temps, connaissait par cœur tous les quatrains d'Omar Khayyām et tombait les filles avec une rapidité surprenante.

Il était incapable de passer un jour sans tomber amoureux, ou plutôt sans qu'une fille ne tombât amoureuse de lui. C'était le cas de Jeanne Cohen mais son frère et moi tenions notre condisciple à l'œil et sous haute surveillance. Alors que lui préférait nettement les petites putains des bordels de la ville.

Il était toujours à nos côtés, tellement grand qu'il en était malhabile et incapable de nous quitter ou de se débrouiller sans nous. Nous l'accompagnions partout et jusque dans ces maisons closes et infâmes où il aimait passer ses nuits, depuis sa première adolescence. Il portait d'immenses cravates de couleurs criardes, souvent rouge sang, devenues l'objet de sarcasmes nombreux, de plaisanteries douteuses ou de railleries sournoises.

Et Henri Cohen disait : non ! Kamel Raïs c'est de mauvais goût… quel désastre tu fais là avec cette putain de cravate Kamel Raïs tu n'as pas le sens esthétique ni le sens politique d'ailleurs…

Mais Kamel Raïs s'entêtait aussi et répétait en maugréant : tu as tort… qu'est-ce qu'elle a ma cravate ? regarde de la pure soie de Chine fais gaffe fiston et mes chaussures ? tu as vu mes chaussures ça t'en bouche un trou anus sinus cosinus mes chaussures hein ? qu'est-ce que tu en penses de mes chaussures ? prends ton temps… je sais que tu es trop ébloui et fais gaffe avant de te prononcer…

Henri Cohen répondait alors : nulles et non avenues tes chaussures médiocres trop voyantes ridicules tu veux que les Français se moquent de toi et si le prof de latin te voyait accoutré de la sorte qu'est-ce qu'il dirait lui ? alors…

Igitur quarto denique die haud longe ab appido Cirta undique simul speculatores siti sese ostendunt ; quare hostis adesse intelligitur. Ita Iugurtham spes frustrata… Traduis donc Kamel toi qui es si doué en latin ! *Enfin au bout du quatrième jour dans un site non loin de Constantine on vit de tous les côtés à la fois accourir les éclaireurs annonçant la présence de l'ennemi. Jugurtha qui avait réparti ses troupes…*

Tu comprends, *Frustrare* n'a rien à voir avec frustrer ! c'est éparpiller répartir et distribuer : c'est un déplacement de sens étymologique… frustrer ce n'est pas priver de… un être frustré est un être mal réparti en lui-même ! c'est la guerre Kamel Raïs est-ce que tu as oublié cela ? mais tes chaussures sont moches manque flagrant de goût et de classe et puis qu'est-ce que c'est que ces couleurs voyantes ? ah si j'avais tes yeux j'aurais… mais fais gaffe à ma sœur… je te tue…

Et Kamel Raïs : qu'est-ce qu'elles ont mes chaussures ? fais gaffe fiston et ne t'énerve pas trop… ta sœur c'est comme ma sœur… le ridicule ça tue encore beaucoup même en temps de guerre… serais-tu jaloux par hasard ?

Tarik ibn Ziad envoya aussitôt une missive à son chef Moussa ibn Noçaïr lui annonçant la conquête de Gibraltar et la prise d'un énorme butin de guerre. **Ce dernier en conçut de la jalousie** *et lui écrivit une lettre dans laquelle il lui reprochait d'avoir outrepassé ses prérogatives et lui donnait l'ordre de ne pas poursuivre son avance et de ne pas bouger jusqu'à ce qu'il le rejoignît…*

Tu es jaloux toi aussi ! c'est des chaussures importées d'Italie et cousues main… tu es jaloux… comment traduis-tu : **il en conçut de la jalousie** dans toutes les langues du monde, tant il est vrai que la jalousie est le fondement essentiel de l'histoire… et le moteur de l'humanité… mais ta sœur j'en ai rien à faire…

VI

Je retombe dans le désastre de l'humaine condition si pathétique et si pitoyable et me voilà donc amoureux et jaloux à en hurler parce que Sarah s'est entichée de ce musicien noir, magnifique éphèbe contre lequel je n'ai aucune chance, avec ma vieille tête d'alcoolique invétéré, fripée et cabossée. J'étais nauséeux, écœuré, comme frelaté.

Moi qui, jusque-là, m'étais évité tous les tracas de l'amour, toutes ces tracasseries sentimentales !

Qu'a donc ma paupière à battre, comme les ailes d'une perruche blessée, ô mon amour ?... Puis : *Ne m'embrasse pas sur les yeux avec le taffetas de tes lèvres...* Puis : *Si je soulevais mes cils il pleuvrait des trombes de larmes.*

Les refrains des rengaines d'antan tournaient dans ma tête. Ils enfonçaient leurs échardes et leurs aiguilles sous ma peau. Ils bouillaient sous mon crâne pris d'effervescence au point de faire grossir mes veines. J'ai toujours pensé que la nostalgie a quelque chose de poisseux qui rend l'estomac brouillé. J'essayais de m'en débarrasser, mais ils faisaient vite de revenir, larmoyants, répétitifs, tournoyants et plus nostalgiques que jamais. J'étais exténué. Au bout de moi-même. Jaloux. À bout.

Les mêmes refrains imprégnaient ma mémoire comme les versets coraniques répétés pendant toute mon enfance et les mélodies ressassées dans les cafés maures qui suintent l'ennui et sentent les relents de thé à la menthe. Ils desséchaient ma bouche qui se remplissait des bouffées du passé, comme celles des morts se remplissent de vide…

12 CROATES SAUVAGEMENT ÉGORGÉS DANS LA RÉGION DE MÉDÉA…

… Mais je restais calme et résistais à l'impatience fébrile et à la peur terrifiante qui pouvaient me reprendre d'un moment à l'autre. J'essayais d'effacer toutes ces rengaines agaçantes et pleurnichardes qui m'assaillaient jusqu'à rendre tout mon corps fourbu, douloureux et plus moite. J'en oubliais tous ces titres sanglants des journaux que Sarah évitait de lire, qui me tombaient entre les mains et qui relataient les attentats intégristes.

… Les voix se mélangeaient avec les notations musicales des bars et des bordels d'antan, à Constantine. Elles se transformaient en un contexte général difficile à décrypter dans lequel je me perdais totalement et dont l'explication était profondément enfouie dans mon passé.

Devant cet amour désastreux et impossible, j'étais obsédé par le désir de couper net mon sexe, à l'endroit précis de mon dégoût originel. C'était une femme qui m'en avait donné l'idée, il y a une dizaine d'années. Je n'y avais jamais pensé auparavant !

Mon frère aîné était fou de ces vieilles rengaines sentimentales, quelque peu stupides et carrément à l'eau de rose. Il ne ratait pas une occasion de les écouter et restait au rez-de-chaussée, les yeux pleins de larmes, parce qu'il n'avait pas le droit de monter sur la terrasse du Grand Café d'Alger transformé en café chantant durant le mois de Ramadan. Il en pleurait de rage et d'amour parce qu'il était fou de la jeune chanteuse qui savait si bien imiter les chansons égyptiennes. Je savais qu'elle aussi l'aimait, secrètement, de peur des réactions violentes du propriétaire du café.

C'est-à-dire de notre propre père qui était devenu le symbole incarné de l'absence ; ne cessant pas de voyager et d'explorer le monde, envoyant carte postale sur carte postale ; sans écrire dessus un seul mot capable d'exprimer un sentiment, une nostalgie, une tendresse ou quelque chose de semblable à ce genre de correspondance. D'instinct il était revêche et opposé à toute forme de communication. Il se suffisait à écrire sur les cartes postales le nom de la ville, la date de l'envoi et sa signature. C'était sa façon de nous aimer. Il était incapable d'en dire ou d'en faire plus.

Mon père interdisait, donc, à son fils aîné l'accès de la terrasse du Grand Café d'Alger où se déroulaient les soirées musicales, durant le mois de Ramadan. Il le laissait macérer dans ses propres larmes que le chagrin faisait affluer à ses yeux d'autant plus que son amoureuse lui envoyait, à travers un code vocal préétabli, sa propre passion amoureuse, ses effusions et sa mélancolie : *Si je soulevais mes cils, il pleuvrait des trombes de larmes*. La petite chanteuse, à peine pubère, s'évertuait d'autant plus à aimer le fils prodige que les différences sociales étaient trop grandes, infranchissables.

Pour mon père elle n'était qu'une petite chanteuse à la moralité douteuse, alors que son fils aîné faisait des études brillantes, en attendant de le remplacer à la gestion de ses affaires. Mais, elle, s'entêtait à dédier, secrètement, ses chansons à mon frère malgré l'euphorie du public qui se pressait dans la grande salle, construite en plein air, et sur laquelle soufflait toujours une petite brise d'été fortement imprégnée de jasmin et des relents de folie lubrique qui émanaient de tous ces mâles entassés là-dedans, ravalant leur salive, les testicules pris dans le remous des désirs aussi violents que refoulés.

Elle répétait le même refrain des dizaines de fois et rendait fou mon pauvre frère qui se cachait dans une arrière-salle minuscule du Grand Café d'Alger pour ingurgiter de fortes doses d'alcool, à même le goulot d'une flasque de forme aplatie, de couleur violette qu'il avait subtilisée à ma mère et qu'il cachait dans la poche arrière de son pantalon comme il avait vu — certainement — faire dans les mauvais films américains qu'il allait voir fréquemment au cinéma Le Colisée. Il se comportait de la sorte dans le but de prendre sa revanche, de se venger et de nuire à cette caricature de père dont la réputation de débauché invétéré et de puritain hypocrite n'était plus à faire depuis longtemps ; à tel point qu'il était jaloux de n'importe quelle femme que pouvait aimer son propre fils dont il craignait maladivement la concurrence.

C'est pourquoi il lui interdisait de s'approcher de la petite chanteuse dont on venait écouter la voix et surtout regarder la beauté de très loin. Mon père était jaloux de tous les mâles de la ville, malgré les dizaines de maîtresses, cocottes, femmes entretenues, danseuses, chanteuses, divorcées, veuves ou putains qu'il avait l'habitude de sortir des maisons closes pour les enfermer dans des villas magnifiques.

En fait, toutes ces femmes qu'il entretenait n'étaient là que pour la frime. Il vivait, en réalité, une vraie passion secrète avec une fille de colon très riche, Mlle Rocher, qui avait consacré sa vie à mon père et aux tuberculeux qu'elle soignait dans son service de l'hôpital Charles-Nicole de Constantine.

J'ai toujours végété dans ce marécage bourbeux et nauséabond de la vie. Mais voilà que je m'étais mis, désespérément, en tête que Sarah était le seul être capable de m'aider à m'en sortir. Je la croyais capable d'arriver à me guérir de mes tares malgré son jeune âge, et à cause de ses yeux violets, ses cils recourbés, son corps dégingandé de garçon raté, son buste plat, ses cheveux très courts, ses jeans délavés, ses baskets mauves, ses pulls bariolés et ses turbans sahariens de couleur flamboyante.

Sarah se mouvait dans ce Sahara irrattrapable et insaisissable comme si elle y était née. Les mirages se succédaient les uns après les autres. La vie de la petite communauté que je véhiculais à travers le désert s'organisait autour de son propre miracle et de son propre naufrage. Sarah avait l'air d'en être détachée. Toujours seule avec elle-même, elle se gavait de tous ces tropismes, ces paysages et ces espaces que le Sahara multiplie à l'infini ; même lorsque son jeune amant se pressait contre elle, amoureusement ; même lorsque les autres voyageurs angoissés par tant de beauté mais toujours inassouvis se mettaient, de temps à autre, à chahuter comme des gamins surexcités.

La jalousie me rongeait intérieurement mais je ne

laissais rien paraître. De temps à autre je surprenais Sarah en train de me fixer dans le rétroviseur, avec un regard vide ou vidé de toute expression. Rien dedans. Mon calvaire durait depuis presque deux semaines maintenant. Je devenais de plus en plus pitoyable, plus alcoolique, plus angoissé et plus moite que jamais. Je n'avais plus la foi du guide fervent qui faisait visiter à ses clients des sites insolites. Je débitais mes petits laïus sans aucune conviction. Les anciens dégoûts de vieux garçon frigide et asexué me reprenaient. Ils redoublaient de violence et de fréquence. Il m'arrivait alors d'avoir le dégoût de Sarah, du corps de Sarah, des yeux de Sarah. Mes mains étaient de plus en plus moites.

Je ne cessais pas de photographier Sarah comme si je voulais l'immobiliser une fois pour toutes sur la pellicule. Une façon de la tuer, en fait !

Ma conviction était faite. Je ne pouvais plus continuer à vieillir de cette façon et à rétrécir sous l'effet de cet amour stupide. Deux semaines, c'est très long quand on est amoureux pour la première fois de sa vie, à quarante ans. Je ne voulais pas rester plus longtemps pris dans ce piège infernal qui m'avait ébloui, au début. Parce que, à quarante ans, je découvrais le sentiment amoureux, le désir sexuel. Depuis le premier jour où j'ai vu Sarah monter dans le car, j'ai eu ce sentiment qu'un tropisme m'attirait d'une façon irrésistible. Comme si j'étais sous l'influence d'éléments physiologiques et astrologiques, à la fois.

Pendant quarante ans, je suis resté à l'écart de toutes ces histoires d'amour et de sexe. Pendant quarante ans, j'ai subi sans broncher et même avec un sentiment d'orgueil les sarcasmes libidineux des hommes, leurs moqueries hystériques. Pendant quarante ans, j'ai souffert des malentendus et des réactions de colère des femmes que je repoussais, bien malgré moi, douloureusement.

L'une d'entre elles m'avait dit méchamment : « Pour ce que ça te sert ! tu pourrais te le sectionner… ça ne serait pas plus mal ! » Ce jour-là, je bus deux bouteilles de vodka. Quand elles furent vidées, j'étais tellement soûl que j'avais tenté d'en essorer les goulots. En vain. Elles étaient vides et j'avais encore très soif. J'en achetai une pleine caisse et n'ai pas dessoûlé pendant une semaine entière. Je vivais toute cette situation à travers un sentiment confus de peur, de remords, de panique, de culpabilité et de nausée. Ce qui me poussait à faire les choses les plus dangereuses.

À l'époque où j'étais pilote de chasse, je m'arrangeais pour faire les acrobaties les plus folles et les plus insensées ; ce qui me valait des semaines de prison militaire. Je désirais ardemment, dans mon cockpit, rater une manœuvre comme mon frère rata une marche de tramway et qu'il ne s'en releva jamais. En tant que guide, je prenais tous les risques et il m'arrivait de conduire Extravagance sur des pistes interdites et non balisées à travers le terrible désert pour essayer de me perdre ; pendant que certains de mes clients trop peureux préféraient se baigner dans les piscines des hôtels ou se reposer de leurs émotions dans les jardins plantureux des oasis.

En fait il n'y a que dans le désert que j'arrive à évacuer le trop-plein de sentiments étranges, de désirs d'automutilation et de sensations pénibles. Le désert est âpre, impitoyable et angoissant avec ses sables, ses dunes et ses plateaux rocheux qui tombent en falaises abruptes de trois mille mètres et plus, traversés par des rivières très étroites mais profondément entaillées dans la roche, où de petits lacs créent brusquement une végétation luxuriante.

Le Sahara est ce lieu où se chamboule et se fracasse le monde. C'est pour cela que je m'y accroche, que j'y fais le guide, que j'emprunte des pistes difficiles et des plateaux inaccessibles, parsemés de blocs rocheux capables de se mouvoir, en une semaine, sur des centaines de mètres sous l'effet du vent et de l'érosion qui créent un relief tourmenté et lunaire aux formes étranges, toujours mobiles, toujours en déplacements, avec, brusquement, dans ces régions sahariennes, des oasis complètement isolées du monde, entourées de rivières souterraines, étroites mais longues de centaines de kilomètres, au fond de cañons entaillés et basaltiques. Quasiment inaccessibles.

Ici se fixe la sauvagerie du monde et sa prodigieuse capacité à exalter tous ces aventuriers qui acceptent d'aller avec moi, jusqu'au bout d'eux-mêmes, dans la peur et la terreur ; dans la sérénité et l'accalmie lorsque apparaît après des centaines de kilomètres d'aridité, d'intensité et de silence, un oued ou une guelta profonds où croissent des lauriers géants, des flamboyants aux couleurs incroyables, des palmiers qui donnent les meilleures dattes du pays, des figuiers et des vignes qui poussent entre les interstices des falaises basaltiques, bariolées par endroits de superbes gravures rupestres dont celles d'Ahana à l'érotisme très cru, et peintes il y a, déjà, cinq mille ans.

Toutes ces visions désertiques s'entassent depuis une dizaine d'années les unes au-dessus des autres et me permettent de survivre, parce que, à vrai dire, j'ai toujours été stupéfait devant n'importe quel paysage du Sahara. Parce que j'ai toujours pensé que c'est le lieu idéal pour souffrir ; le lieu où se révèle toute la mesquinerie humaine ; le lieu où tous les repères s'effacent à une vitesse prodigieuse.

Tous ces éléments constituaient une sorte de désert qui n'appartenait qu'à moi-même, fait de fragments qui découpaient l'espace selon des formes arrondies et ondoyantes dont les volumes et les couleurs ne cessent jamais de varier, presque d'une minute à l'autre. Fragments de Sahara qui débordaient çà et là ; devenaient envahissants parfois ; s'évertuaient, malgré leurs aspects concrets, à donner l'impression de flou et d'inachevé.

C'est dans le désert, aussi, que la mort de mon frère aîné prenait des dimensions prodigieuses que le Hoggar dans sa métamorphose continuelle accentuait jusqu'à l'exultation. Je faisais exprès d'entretenir en moi cette souffrance saharienne. Je parcourais ces espaces arides, sciemment, en ressassant mes anomalies, mes échecs et mon incapacité à vivre le monde tel qu'il est. J'escaladais à pied, seul ou avec quelques rares clients, les monstrueux rochers noircis et calcinés du Hoggar, dans l'attente des couchers de soleil où les formes se dépouillent d'une façon étrange, presque aveuglément.

Que de nuits et que d'aubes j'ai passées, tout seul, dans la chapelle minuscule et ascétique du père de Foucauld, en haut de l'Assekrem, le point culminant du Hoggar. Je n'y éprouvais aucun sentiment religieux mais une esthétique inconcevable, ailleurs !

Maintenant, exaspéré par l'ampleur de mon amour bafoué, je n'arrêtais plus de vider ma haine contre Sarah que j'accusais d'être une petite allumeuse. Elle n'avait alors d'autre recours que me gifler ou me faire taire d'un regard apparemment ironique mais qui recelait tout le mépris et toute la colère dont elle était capable. J'étais tellement jaloux du jeune musicien noir que j'en devenais raciste, aveuglé que j'étais par ma pauvre passion de vieillard de quarante ans.

Dans mon aveuglement et mon calvaire, je tentais de semer la zizanie entre Sarah et son jeune amant mais, avec ma vocation de tout rater et de tout culpabiliser, je perdais vite contenance et m'affalais sur mon lit de célibataire ; moite ; dégoûtant ; ivre mort, chaque nuit.

Il m'arrivait d'avoir des envies de tuer Sarah. Je me dépêchais alors d'aller vite nager dans les torrents des gueltas situés à une trentaine de kilomètres de Timimoun. Je me propulsais dans un vertige d'eau pure, comme pour me nettoyer de tous ces désirs avortés et de toutes ces bribes d'érotisme où j'entrevoyais la blancheur démente du corps de Sarah à portée de ma main. C'était comme une réminiscence surgie du fond de ma propre préhistoire dérisoire ; larguée, brusquement, d'une façon inattendue, après des années de refoulement de solitude et de refus de mon propre corps.

Mais je retrouvais très vite la passion initiale de l'alcool qui absorbait mes cauchemars et mes phantasmes de mutilation.

Le lendemain, après quelques heures de sommeil agité, je me sentais désagrégé, tétanisé et tout près de ma propre mort. J'avais honte de mon attitude ignoble envers Sarah. Je devenais en fait de plus en plus lamentable et mesquin. Je me sentais dans la peau d'un sale type, libidineux et pervers. Je culpabilisais à mort. La jeune fille avait alors des yeux plus violets que d'habitude. Elle jubilait de me voir dans un si mauvais état. Un début de démence commençait à m'envahir mais elle faisait semblant de ne rien comprendre à mon désarroi, comme si elle redoutait de ma part quelque réaction insensée dont le danger ne pouvait échapper à sa sagacité de jeune femelle trop gâtée par la nature et par les hommes.

Le désert se remplissait tout à coup de soleil qui le coloriait d'un rouge flamboyant, couleur sanguine et empêchait la douleur de se coaguler dans ma tête et de faire plus de ravage dans mon ventre.

Comme pour me faire pardonner quelque péché ignoble, j'emmenais mes compagnons de voyage vers les gueltas et les torrents où ils se baignaient pendant des heures. Sarah avait la peau qui se hérissait. Elle en attrapait la chair de poule dont les picotements, à l'air chaud, lui donnaient des couleurs superbes.

Abandonnée à la folie de son corps et aux ravages des dunes rouges qui dominaient ces petits lacs impétueux et poissonneux, Sarah en profitait pour devenir plus orgueilleuse et plus indifférente que jamais. Son jeune amant restait sur ses gardes. Il se méfiait d'elle, maintenant, et demeurait très soupçonneux vis-à-vis de moi.

Je reprenais mon périple avec ma cinquantaine de clients et conduisais Extravagance, pendant des journées entières, sans desserrer les dents. Il régnait alors une atmosphère tendue et étouffante dans le car ; ce qui ravissait Sarah. Seule, parfois, l'arrivée bruyante de quelques caravanes de chameaux qui venaient se désaltérer et se baigner dans les oueds coupait la monotonie éprouvante du désert. Les dromadaires entraient dans l'eau avec cet air rogue et arrogant qu'ils ont toujours, même lorsqu'ils sont contents.

Le désir de Sarah me reprenait parfois durant ces trajets interminables. Sarah, sûre d'elle, essayait alors de capter mon regard blessé et humilié, dans le rétroviseur, comme pour mieux me persécuter, mais son triomphe la défigurait. Elle était retorse et en jouait beaucoup. Je voyais bien qu'elle n'éprouvait, en fait, aucun sentiment amoureux pour son compagnon, mais le jeu de la séduction la comblait de bonheur. Ce qu'elle essayait de me cacher d'une façon perverse et sadique.

Sarah faisait tout le temps semblant. Même lorsqu'elle écoutait, négligemment, les déclarations brûlantes d'amour chuchotées par son amant. L'agressivité et les conflits ne cessaient jamais entre eux, en fait. Je me rendais compte de toutes ces simagrées à travers mon rétroviseur. J'étais devenu un voyeur...

Tout ce fatras amoureux pénible et insupportable

m'obligeait à reconstituer les événements qui avaient précédé ma rencontre avec Sarah. Ma folle traversée du désert avec cet amour au ventre me rendait de plus en plus hargneux, à cause de ma propre dérive lamentable et pathétique dont personne ne se rendait compte, tellement j'étais gêné, coupable et mort de honte. Je ressentais la découverte tardive de l'amour comme une perversion intolérable et maladive ; malsaine et indécente.

Il me fallait survivre et cahoter éternellement sur les pistes sahariennes, à la cadence de mon destin gaspillé, dispersé et éparpillé entre moi-même et ma propre mort qui me hantait et me fascinait continuellement. Ce qui m'obligeait à ne jamais me séparer de mes cinq capsules de cyanure.

Mais je savais d'avance que j'étais incapable de me suicider parce que j'étais trop lâche et espérais, quelquefois, un miracle; un jour! Mes siestes étaient, souvent, gluantes; durant lesquelles je me faisais piéger par des cauchemars où j'étais la proie d'une chasse à l'homme répétitive et épuisante menée par les terroristes fanatisés; ou victime d'agressions sexuelles et obscènes de la part de jeunes prostituées exagérément fardées et trop lascives, celles-là mêmes que fréquentait, assidûment, Kamel Raïs, lorsque nous étions tous les deux élèves du lycée Duverrier de Constantine.

Je me sentais humilié et exténué par les louvoiements de Sarah dans un pays où les assassinats et les attentats se multipliaient de façon démente, barbare et destructrice :

... UNE ÉCOLE PRIMAIRE INCENDIÉE PAR LES TERRORISTES COMPLÈTEMENT DÉTRUITE PAR LES FLAMMES À BLIDA...

Il me fallait me dépêcher alors pour m'arrêter à l'ombre de quelque cimetière berbère dont le dépouillement, la beauté et la sérénité, en plein désert rocailleux, me rapprochaient de la mort et du néant tranquilles.

VII

À la fin de chaque périple, le désarroi s'installe dans le car. Le chemin du retour vers Alger a toujours quelque chose de poignant. Les touristes ont l'air maussade et soulagé, à la fois. Je le ressens à leurs bavardages. Chez moi, cela se manifeste par la moiteur plus grande de mes mains. Sarah pour cacher sa gêne arbore un superbe turban de couleur rouge sang flamboyant que je ne lui ai jamais vu porter. Il y a toujours un malaise dès que nous passons devant la plaque : TIMIMOUN – EL-GOLÉA – ALGER. Ça ne rate jamais. J'ai toujours ressenti, moi aussi, cette sensation de délivrance et d'étouffement, à la fois. Pourtant il reste encore 1 300 kilomètres à faire et tant de belles choses à découvrir, mais la déception est déjà là, mêlée à un sentiment de soulagement. La veille j'ai parlé à Sarah de la cathédrale d'El-Goléa érigée en plein désert, il y a un siècle et demi par le père de Foucauld, debout comme un fantôme venu d'ailleurs. Nous allons la rencontrer. Je n'y entre jamais car c'est là que se trouve, déposé dans un bocal de formol, le cœur de ce conquérant devenu prêtre après avoir battu et humilié les Touaregs. Je n'entre jamais dans cette cathédrale à la fois imposante et dérisoire, mais les touristes adorent cela. Ils ont, souvent, le sens du macabre.

Personne ne peut l'éviter. Comme les torchères des champs pétroliers. Elles sont toujours là. Elles jalonnent le désert, le balisent et le flèchent pour ainsi dire. Mais Sarah ne pouvait pas comprendre. Elle était encore sous le choc de l'ermitage des moines de Beni Abbès enfoui dans les dunes de couleur safran.

En réalité, c'est surtout Timimoun qui avait fait des ravages dans sa tête.

Depuis que je suis amoureux de Sarah, je me trouve un regard sournois et oblique. Je n'ai jamais eu un tel visage auparavant. Je vérifie dans le rétroviseur. J'en suis sûr, maintenant. Extravagance trace sa route sur le bitume comme si elle était fatiguée de toutes ces pistes et de toutes ces dunes. Mes mains sont de plus en plus moites. C'est un paramètre infaillible chez moi. Cela veut dire que j'ai peur. Mon visage d'amoureux pitoyable me gêne. Il me met mal à l'aise. Ce regard en coin, c'est nouveau. Je me déteste. Non vraiment, je n'ai jamais eu un tel visage. Certes j'étais très moche, repoussant, mais je n'ai jamais été sournois.

Je coulisse un regard vers Sarah à travers le rétroviseur. Elle est comme frigorifiée, comme morte malgré son turban immense et flamboyant, couleur rouge sang. La même couleur que les cravates de Kamel Raïs !

Elle a l'air plus garçon raté que jamais. Brusquement, je réalise qu'elle est presque le sosie de Kamel Raïs quand il était adolescent. Mêmes yeux entre le bleu et le violet. Mêmes cils longs et recourbés. Même allure dégingandée. Même visage sculpté.

Je suis troublé. Sarah est-elle pour moi le double femelle de Kamel Raïs ? Je n'ai jamais eu de sentiment ambigu envers lui. Adolescent, je n'ai jamais eu ce regard perfide et oblique d'amoureux ridicule. Aurais-je simplement un retour d'âge, un retour d'adolescence comme on dit un retour de manivelle ? Henri Cohen m'avait souvent charrié à cause de mon admiration pour Kamel Raïs. Certes je le trouvais beau et il connaissait les 27 façons de résoudre une équation du 3e degré en un temps record et les quatrains d'Omar Khayyām, par cœur. Mais rien de plus.

Maintenant mon regard fouineur et oblique avait disparu. Dans le rétroviseur je voyais bien que j'étais subjugué par cette révélation incroyable et troublante que je venais de faire. J'étais bouleversé, comme anéanti. Mais je me sentais un autre homme. Mon regard avait retrouvé son aspect naturel. Direct.

Franc. Je n'avais plus cette façon en coin de regarder le monde.

Sarah, derrière moi, se recroqueville maintenant. Elle s'enroule complètement dans le burnous en poil de chameau que je lui ai prêté, dès le départ, comme dans un linceul. Elle se ramasse sur elle-même. Elle s'enfonce dans le siège de plus en plus, comme si elle voulait se couper du monde et de son jeune amant qui somnole à côté d'elle, la bouche ouverte.

Sarah est comme frigorifiée. Son visage est livide. Elle est laide, tout d'un coup.

Comme morte, pour moi, maintenant.

DU MÊME AUTEUR

Aux Éditions Denoël

LA RÉPUDIATION (1969)

L'INSOLATION (1972)

TOPOGRAPHIE IDÉALE POUR UNE AGRESSION CARACTÉRISÉE (1975)

L'ESCARGOT ENTÊTÉ (1977)

LES 1001 ANNÉES DE LA NOSTALGIE (1979)

LE VAINQUEUR DE COUPE (1981)

LE DÉMANTÈLEMENT (1982)

LA MACÉRATION (1984)

GREFFE (1985)

LA PLUIE (1986)

LA PRISE DE GIBRALTAR (1987)

LE DÉSORDRE DES CHOSES (1991)

FIS DE LA HAINE (1992)

TIMIMOUN (1994)

Aux Éditions Hachette

JOURNAL PALESTINIEN (1972)

Aux Éditions SNED-Alger (1965)

POUR NE PLUS RÊVER

Composition Interligne.
Impression Bussière à Saint-Amand (Cher),
le 20 avril 1998.
Dépôt légal : avril 1998.
1er dépôt légal dans la collection : mars 1995.
Numéro d'imprimeur : 1075.
ISBN 2-07-039321-6./Imprimé en France.

86714